Rómulo Mar

MALEDÉN 777

Maledén 777

Rómulo Mar

Rómulo Mar
de esta edición:
2020, Editorial Testigo Ediciones.
17 avenida 2-53 zona 6, Guatemala, Guatemala.
Teléfono: 5232-0174
Sitio web: testigoedicionesgt.blogspot.com
Correo electrónico: testigo.ediciones@gmail.com

www.facebook.com/romulomar.1
rodis20@gmail.com

ISBN: 978-9929-761-04-9

Primera edición

Diseño
Portadas y contraportada: Hernán del Valle Jurado
Fotografías: Rómulo Mar
Diagramado: Julio Urquizú

Edición
Carmen Beatriz Tocay Gómez y Rodrigo Villalobos Fajardo

Exordio
Carlos Interiano

«En medio del odio descubrí que había dentro de mí un amor invencible. En medio de las lágrimas descubrí que había dentro de mí una sonrisa invencible. En medio del caos descubrí que había dentro de mí una calma invencible. Me di cuenta, a pesar de todo, que en medio del invierno había dentro de mí un verano invencible. Y eso me hace feliz. Porque esto dice que no importa lo duro que el mundo empuja contra mí; en mi interior hay algo más fuerte, algo mejor, empujando de vuelta».

El verano, 1953, Albert Camus.

La tarde
es una mañana
al revés.

Sísifopatía

Máxima alerta del abismo abierto:
Tragarme un montón de tiempo pesado,
rumiar jornadas fatigantes.
Fragantes miasmas asoman,
alucino, y los tragantes conmigo
deliciosamente se atragantan.
Quemarme en la hoguera de las iras,
derretir sueños y sonrisas,
comer siempre de noche, matarme sin gracia.
Nada tiene sentido
en la orilla del precipicio
contemplo las profundidades
y no siento nada,
ni pienso en la humanidad,
todo se desvanece
en la ternura de un final
siempre al acecho,
siempre próximo.
Siempre

      hacia
      abajo

PARTE 0.0

El *spoiler* de un cobarde

Aquí termina este cuento. Termínalo.

Para qué vas a seguir leyendo si el final ya lo empezaste. Así son todas las cosas, como las personas: desde el momento que nacen o que son creadas va desvaneciéndose su existencia golpe a golpe hasta arribar a su final.

El caso de esta historia es peor porque la narración arranca de una vez acercándose a su desenlace.

El asunto del relato es sobre un muerto que vivió por un ataque alevoso, es decir, que cesó de inexistir, lo cual ocurrió por dejarse besar por un ángel. Esa es la razón por la que concluye aquí: si ya dejó de estar muerto, su vida pierde relevancia. La vida no es importante, verdad, es la muerte la que despierta ardientemente tu interés. Ya antes ¡hasta cantando! José Alfredo Jiménez lo ha dicho: «La vida no vale nada». La aventura de Dante en su viaje por «el valle de sombra de muerte» eterna, es un clásico por eso mismo.

La vida, es cierto, tiene su misterio, pero no del todo, porque se han ido revelando poco a poco sus secretos: sabes qué es nacer, que necesitas alimentarte, tener sexo, que hay frío, *Facebook,* dolor, claridad, ladrones, pobres, flores, hologramas, calzones… Más, de la muerte, ¿qué sabes?

Vivió. El ángel tuvo la culpa. Cuando el muerto lo vio aproximarse tuvo miedo, miedo de que lo viviera, porque percibió en su mirada la bondad, la misericordia, la terrible vida bullendo en toda su existencia. Intentó huir, el ángel lo detuvo jalándolo del espíritu.

—¿A dónde vas? —Le dijo dulcemente. Él no contestó, agachó la cabeza. Entonces, el ángel le puso con suavidad la mano en el mentón y le fue levantando el rostro delicadamente y le plantó el beso. Se estremeció el muerto y abrió los ojos a la vida para siempre.

En ese punto se acabó todo para él, pues había mantenido la creencia de que sería un cadáver inmortal. Se equivocó. (Ni en el más allá está uno libre de errores, ves).

Tal vez lo único que valga la pena aquí, es referir porqué lo besó el ángel. Sí, se trataba de una venganza en sentido contrario. El ángel era Judas. Su misión consistía en quitarle la muerte al primero que se le atravesara en su malparaíso.

Tras dar ese beso, Judas retrocedió varios cientos de años, veloz, en dirección hacia aquel hecho memorable por el que se le condena perennemente.

Eso es todo. Después del punto final nada sigue. El cobarde soy yo.

El segundo

Los medios que cubrieron el incidente fatal de esa vez titularon la nota como «El segundo». Las razones para tal nombre son básicamente dos: una porque ese mismo día, en horas precedentes, había ocurrido una tragedia. La otra, se descubre con facilidad en la narración que se despeña a continuación.

Sobre una embarcación de carga detenida en alta mar, dos marineros se afanaban en sujetar con lazos las cajas que se ladeaban y deslizaban peligrosamente sobre cubierta. Olas descomunales del mar embravecido golpeaban violentamente a estribor, dificultando las maniobras de los trabajadores y del segundo barco ubicado a la par, el cual igualmente era movido de manera descontrolada por las brutales aguas.

El propósito de ambas naves en ese turbulento mar era pasar mercadería de la primera a la segunda en plena navegación para prevenir una probable pérdida, en vista de que la otra registraba averías en la quilla al golpear unas rocas prominentes que no lograron eludir a tiempo.

Las dos embarcaciones sacudidas con furia maniobraban sus instrumentos luchando por mantenerse a la par, pero sin chocar entre sí, porque una colisión de esa naturaleza ocasionaría severos daños al casco.

Pendiendo de un gancho había varias cajas amarradas y los lazos culebreaban a los pies de los dos hombres responsables de la carga. Los demás marineros se ocupaban en labores similares en diferentes puntos del barco. De pronto, la carga flotante se zafó del gancho y se precipitó al mar, los lazos se le enredaron en los pies a uno de los dos hombres y lo arrastró a las peligrosas aguas. El segundo hombre reaccionó rápidamente y, cuchillo en el cinto, se lanzó tras él, dispuesto a salvarle el pellejo. Con gran destreza le dio alcance en la profundidad, sacó el cuchillo y comenzó a tratar de cortar los lazos. Cortó una parte, sin embargo, seguían velozmente el viaje hacia abajo; por tal razón el segundo se rindió y soltó al otro para ascender en busca de la superficie, pero en eso el primero lo agarró de las ropas. Forcejearon un instante, el segundo por liberarse y sobrevivir y el primero para no dejarlo ir.

Minutos después, una sonrisa-mueca espantosa exhibía el primero en el fondo del mar aferrado al segundo.

Tour-bado

Este es un lugar ubicado en la puerta del olvido. En este lugar, solitaria, muuuy solitaria y abandonada en el campo, se encuentra esta casona vieja descascarada, con los huesos salidos e inclinada hacia afuera, quizá como posible reverencia a la extensa y tenebrosa campiña que la rodea. No se cae la casona porque no sopla el viento. No existe. Dentro de ella se respira la total ausencia de olores, a pesar de los asquerosos e inesperados objetos que guarda, cual museo de un inframundo atorado de cosas ahogadas por la hiedra de un tiempo destemplado y enmohecido. Aquí cualquier leve ruido hiere mortalmente al tímpano.

—¿Qué haces tú por acá? —Le deslizo la pregunta suavemente a la chica.

—Pierdo el tiempo —dice ella, de una manera muy natural y delicada. Tienen lógica sus palabras, debido a que el inmueble aparenta ser un gran museo para pasear distraídamente sin límite de tiempo.

—Tú más bien vives aquí, en esta casa. —Le aseguro yo, no sé cómo ni por qué.

—Es cierto —me confirma con toda la franqueza floreciendo en su boca.

Yo, por mi parte, trato de no perder el control. Disimulo mi miedo.

—¿Cuándo falleciste tú? —le pregunto, inexplicablemente, con la voz temblorosa.

La joven, bonita pero revestida de un aura de misterio, quien junto con su hermano ha estado husmeando entre las ruinas de la abandonada residencia, al igual que yo, se me acerca un poco más y suelta su lengua. Me cuenta que es de un país llamado Honduras, que está situado en la región de Centroamérica. Después me dice que... Mientras ella habla, yo observo que el hermano se aleja bastante de nosotros, tanto que al fin lo perdemos de vista. (La última interrogante ha quedado flotando en el vacío y desciende poco a poco) Entonces, le advierto a la chica de la lejanía del familiar y me responde que él es así, que no le preocupa lo que haga ni a dónde se dirija. En seguida, vuelvo a levantar la pregunta:

—¿Cuándo falleciste tú?

—Hace noventa años —me responde. Sello mis labios y me sostengo de milagro en las arenas del aire muerto. De algún modo intuía esa contestación, pero al mismo tiempo deseaba que no fuera así.

La mansión donde nos encontramos alimenta la sombra de la intriga y el temor. Es antiquísima y al parecer en su momento fue abandonada repentinamente por sus moradores, ya que permanecen muchos objetos dispuestos como para ser usados de inmediato. Una casona dormida de permanentes pucheros. Todo el inmueble tiene la piel envejecida, llena de cicatrices arriba, abajo y a los costados, aunque funciona, como cosa rara, pues ya lo había comprobado cuando pasé a orinar a un mingitorio y accioné la descarga de agua con facilidad. También había caminado por diversas partes del interior y exterior de la residencia, vi varias habitaciones con sus recámaras que chorrean esa sensación de que alguien se acaba de levantar. En los pasillos se adivinan los pasos históricos que van dejando su huella sobre la baldosa de barro cocido, baldosa con notorias quebraduras en algunas partes, o desgastada en otras. El eco rebota silenciosamente en todo el recinto. Las paredes hablan con todo lo que de ella cuelga débilmente y lo que se ha caído. Lo tétrico, oculto entre sus muros, enseña los dientes.

Un dulce humo de desamor ha capturado mi espíritu desde que entré a esta morada. Resignadamente he ido desamarrando la leve inquietud que ha rumorado en mis sentidos, me empieza a envolver y se tatúa en mis ropas; luego continúa creciendo sigilosamente por todo mi cuerpo y mis pensamientos, como hiedra del mal, hasta sentirla muy intensa. No es para menos, porque lo que contiene la vasta vivienda antañona, lúgubre, traza un inventario de reliquias con los pucheros que besan en toda su atmósfera e intranquilizan.

—¿Cómo crees que hice para descubrir que tú ya estás muerta? —Digo inconscientemente, casi susurrando, de pie, a la par de una caja grande rectangular de porcelana que me llega a la altura del ombligo, algo como tina de baño, pero semejante a una sepultura. No espero respuesta y tampoco ella me la da.

Mi vista baja desde el techo para reconocer la construcción decrépita y luctuosa en toda su extensión. La cubre apenas la mitad del techo, pues se ha derrumbado gran parte de él. En el interior hay un cementerio de duchas, inodoros, tinas, jacuzzis, lavamanos… un pueblo de leprosos cerámicos. El sarro y el hongo han invadido todo, las manchas amarillas, marrones y negras ahorcan la grifería y pintan sobre las superficies de cerámica y porcelana; el musgo levanta la cabeza peluda desde todos esos artefactos sanitarios.

La vivienda anciana respira claridad, pero es una luz nocturna pegajosa ataviada con una tristeza sumamente pálida. El silencio come en todos los rincones. Acá el goteo de segundos es perceptible hasta en las amígdalas.

Extraño acontecimiento que sacude el sosiego y hace volver la vista estupefacta una y otra vez: mingitorios, inodoros, tinas, *jacuzzis* y lavamanos, diseminados e instalados por toda la casona, no solo en los baños, sino también en los dormitorios, salas, corredor… En los comedores y salas no hay mesas, ni sillas, ni escritorios, en su lugar estos oxidados artefactos, y todos funcionando. Muy extraño.

El tiempo se columpia en las telarañas de las esquinas

Afuera, en el entorno dilatadísimo, hay una arboleda tupida, pero son árboles que no tienen ni una sola hoja, son esqueléticos. Sus ramas aletargadas estiran sus frágiles dedos largos, las uñas más largas y quebradizas, al cielo pardo. Tampoco hay matorral. En medio de la espesura de esas osamentas vegetales se aprecia la gran boca de la oscuridad. La mansión está separada del bosque esquelético por un patio amplio y una alambrada floja, semicaída.

La opaca luz del final del día balbucea dentro de la residencia y se ahoga en el fondo lóbrego de la arboleda. En el horizonte despierta el ocaso, el sol enredado en un nutrido campamento de nubes grises. La temperatura me suena dolorosa, el ambiente *heavy* ayuna y flota el sabor umbroso.

En la explanada, los retazos de tarde que quedan avanzan quejumbrosos hacia el inmueble muriendo en crujidos de palos secos.

—¿Cómo crees que hice para descubrir que tú ya estás muerta?

Recupero la interrogante y en la última palabra boto la mirada al piso. Y cuando la levanto, la muchacha ya no está. A lo que me atreví a preguntar:

—¡Ey! ¿Qué te hiciste? ¿Dónde estás?

Veo a todos lados y no hay nadie, solo ese perturbador cementerio de sucios artefactos y accesorios de baño. Inadvertidamente, entre los árboles secos, la noche asoma su cabezota, tiende sus pies calzados de espanto en el patio y va avanzando despacio, como correntada de lava negra, hacia la sombría casona... ¡Y no hay nadie!

Sisifomanía

Siempre he tratado de ser buena persona, de no inmiscuirme en lo que no me incumbe, de no molestar a nadie. Los conatos se arman solos, como si tuvieran vida propia, como si fueran muy necesarias sus existencias, una misión valiosa por la que cada individuo debe pasar, ya sea para que se arrepienta de quién sabe qué putas, o para que aprenda a saber qué lecciones. Eso decía Flipón Surqué sentado en su silla fuera de los escritorios, frente a todos sus compañeros de trabajo. La oficina apestaba a rutina. Flipón Surqué hablaba al aire. Ninguno de sus compañeros le ponía atención.

Tengo problemas de toda índole, continuó diciendo. Soy como una miscelánea de dificultades, toooda una colección de clavos. Su voz, cargando cada palabra pesada, se perdía en todos los rincones y entre los cuerpos de cuatro de los empleados que, desplegadas sobre sus escritorios, tenían las hojas de un documento que parecía muy importante, como un escrito de un abogado o de un contador. Cada uno de ellos mantenía su rostro casi escondido entre el fajo de hojas levantadas y abiertas, como un periódico. Una muchacha estaba embebida en su computadora ocupada en sus tareas, a la vez que devoraba maníes como manía, les quitaba la fina cáscara maquinalmente haciéndolas crujir al frotarlas entre los dedos y se las llevaba a la boca, ansiosa. Otra mujer, pasaba tarjeta tras tarjeta, tras leve mirada, las golpeaba de canto sobre la mesa y las agrupaba para ordenarlas. Uno más allá hacía apuntes sobre una libreta. Un sucio ventilador trabado, quizás cagado por moscas, traqueaba en un extremo del recinto sonando como chicharra que intentaba inútilmente levantar vuelo.

¡Cuando me muera no quiero que ninguno de ustedes llegue a mi funeral, cerotes! Tronó la voz de Flipón salpicada de enfado hablando desde la puerta ya abierta presto a salir de la oficina. Sorprendidos todos interrumpieron sus quehaceres y le clavaron la mirada, una mirada extraviada. Ya apagada su voz, los vio furioso, salió y cerró la puerta con violencia. Todos quedaron suspendidos. Se vieron entre sí, sin pronunciar palabra. Otra vez desviaron la vista hacia la puerta, de regreso la resbalaron por las paredes y los cuatro empleados la volvieron a reposar sobre el legajo de hojas, los demás en sus respectivas tareas. Súbitamente la puerta se abrió de nuevo y Surqué asomó la cabeza. Es más, dijo alzando las palabras, ¡ni siquiera me volverán a ver por aquí! ¡Renuncio a este trabajo de mierda! Perdió su cabeza y volvió a cerrar la puerta, ahora, golpeándola con más violencia.

La calle estaba agitada, como siempre. La tarde caía y acumulaba el sopor del día. Flipón Surqué con la mochila a la espalda sumaba un problema más a su alargada y despreciable colección. Tan solo un problema más. Así, eludiendo a la gente imbécil que se le atravesaba, se fue andando por la acera al encuentro de nuevas ocupaciones, experiencias... en busca de broncas.

Piedra en el zapato

Cuando Like López entró en la oficina se sorprendió, porque el sujeto que siempre lo fastidiaba estaba sentado y recostado en su apreciada silla de rodos, tenía las piernas estiradas sobre el escritorio y un sombrerito de fieltro le cubría por completo el rostro. Daba la impresión de estar durmiendo.

—¿Qué haces en mi lugar? ¿Quién te dio permiso para entrar aquí? —Le increpó iracundo.

El individuo inmutable, sin descubrirse la cara, levantó su mano derecha sosteniendo de la punta una hoja de papel doblada y se puso a agitarla en el aire como si se tratara de un soldado en rendición o pidiendo paz.

—Vengo a clausurar este negocio inmundo, mal atendido —dijo el intruso en tono imperativo.

—No, no, no. No está mal atendido ni es inmundo. Deja de hablar mal y hazme el favor de quitarte de allí y de salir de mi oficina lo más rápido posible —le indicó Like amenazante.

El sujeto deslizó las piernas len-ta-men-te por el escritorio hacia un lado y botó los pies al piso. Luego, aún sentado, acomodó su sombrero en la cabeza con desgano, elegancia arrugada que fabricó en el instante, y contaminó el aire con una hiriente sonrisa burlona, mueca pingüinesca. Al fin se incorporó, simuló sacudirse el cuello con la mano izquierda y caminó blandiendo en lo alto la hoja de papel. Al pasar junto a él, el intruso le entregó la hoja y continuó su marcha hacia la puerta de salida. Rápidamente Like desdobló el papel y…

—Esta hoja no tiene ni una pinche letra, está en blanco…

—¡I-dio-taaa! —Le gritó el individuo mofándose y desapareció de su vista.

Caminos sordos

Dos caminos paralelos llegaron a los pies R2 y C2 que esperaban su arribo con ansiedad, deseosos de que los llevaran pronto hacia el destino que juntos se habían trazado.

Los caminos no tenían prisa, sabían perfectamente que los dos pares de pies con los que se irían estarían allí, sin remedio, aguardando su llegada, pasara lo que pasara, incluso, aunque no pasara nada, o que pasara totalmente todo de una sola vez.

Eran los caminos de Miguel Ángel Asturias, reunión del blanco y el rojo, del verde y el negro; los de Hunahpú e Ixbalanqué en su ruta hacia Xibalbá. Los de Jesucristo. Los de Mario Monteforte Toledo, *Donde acaban los caminos...*

Caminos que se van a bañar al cálido mar y retozan en las relampagueantes playas, los que desembocan y refrescan sus gargantas en los graciosos ríos. Los que van y vienen, se ensanchan y estrechan, suben y bajan, entran y salen, cruzan, se suicidan...   y resucitan. Se estacionan.

Transporte de esperanzas   Vigilantes del olvido,
        Testigos   Cómplices.
                        Fugitivos...

Maletas.   Viajeros.
                Borrachos de tiempo.

Pues llegaron los dos caminos a los pies de los pies R2 y C2, uno para cada uno. Ni saludaron, porque eso no tenía importancia, dada su displicencia rutinaria, y penetraron en sus dos mundos.

Emprendieron el viaje sin ofrecer nada con su rótulo de darlo todo. Caminos sordos. Se fueron los dos caminos con los dos pares de pies, con aquellos veinte dedos de uñas socarronas, de sonrisa sempiterna y montuna, plebeya, mueca nocturna y bulliciosa. Caminos ciegos que caminan seguros por andar por centurias en las mismas direcciones.

Circularon con facilidad por todas partes, atravesaron vericuetos con toda la pericia natural, con la licencia que la libertad les daba, sin hacer preguntas. En el trayecto leían irónicos las cartas abiertas de sus pasajeros sin enterarse de sus contenidos. En las misivas que esta vez veían estaba escrito el propósito de los dos pares de pies, plasmado ahí con el fin de recordarse constantemente que su deseo era llegar al destino que ambos se habían fijado, el mismo destino. No querían estar separados nunca.

Los R2 y C2 viajaban relajados en aquellos caminos sin nombre, confiados en su poder de humanos y en que serían obedecidos por los transportadores.

El tren de la vida transcurría. Por las ventanas desfilaban oscuridades y mañanas, éxitos, traiciones, amores, delirios, abrazos, sonrisas, desilusiones… Llovía felicidad, pintaban lágrimas… El mar se explayaba inmenso, misterioso, inabarcable.

Los pensamientos se multiplicaban, se diversificaban, se modificaban, cambiaban. Y la vida iba, viajaba, se movía. Se producían los acontecimientos, uno tras otro.

Pero el cansancio llegó, llegó en la distancia… Llegó el agotamiento… Para soportar todo el tiempo, en la misma posición, las circunstancias tan variadas y disímiles que se presentan en un recorrido tan largo se requiere temple, firmeza, perseverancia, bases sólidas. En el caso de los dos pares de pies algo faltó pues se durmieron. Se rindieron. Olvidaron sus cartas.

Los caminos inmutables siguieron su camino… sin lecturas… sin afanes… Los pies R2 y C2 durmiendo soltaron sus propósitos en el viento, en una bifurcación...

Entonces se dio la inevitable e indeseable separación. Uno de los dos caminos, el camino de R2, se abrió y desvió su carga.

Estos pies fueron llevados por un sendero corto y tortuoso hacia una estación del lado izquierdo donde se quedaron estancados para siempre. Los pies C2 despertaron a tiempo y aún pudieron seguir adelante en línea recta.

Un tiempo después, también los C2 no soportaron más la dureza del viaje y volvieron a dormirse justo cuando su camino se quebró y se formó una nueva bifurcación. Allí cambió el rumbo de los C2, fueron enviados por una vía breve y sinuosa, hacia una estación de la derecha donde se detuvieron para siempre.

Tramos después, los mismos caminos que siguieron su marcha recogieron a otros pares de pies desconocidos y continuaron el recorrido de la vida. Más fue poco lo que avanzaron esta vez porque pronto entraron en el sector donde se cruzan todos los caminos, donde no existen los destinos.

En ese cruce-caminos todo se traba, se arma un nudo ciego, la confusión total. Se los traga un remolino. Allí muchos caminos se pierden, algunos son expulsados de regreso, otros se van en otros. Miles emergen renovados y corren en direcciones imprevistas.

Ese es el punto donde todo termina y todo empieza de nuevo. Termina el comienzo. Empieza el final.

Personaje
–Cuento rompeficción–

Un individuo estaba dentro de una gigante taza de beber café. Saltaba intentando alcanzar los bordes para salir, no lo lograba. Su angustia crecía conforme pasaba el tiempo, tiempo y angustia aumentaban juntos desproporcionadamente; él se creía morir cuando ya el reloj inexorable se atoraba con 30 segundos transcurridos. Allí precisamente se le ocurrió una idea genial, se arrancó una pierna completa, desde el pegue de la pelvis, la colocó vertical contra una de las paredes de la taza, se paró sobre ella, alcanzó los bordes y salió con facilidad. Al tocar el piso con… su pie, ¡ah! se dio cuenta que dejó su otra pierna dentro de la taza. Bueno, se dijo, no hay problema, se arrancó de raíz el brazo izquierdo, lo colocó en el lugar de la pierna cercenada y dio el primer paso, bajó, luego el segundo paso, subió, bajó subió bajó subió bajó subió.

El grito
Desde la pared

Ahora voy a contarte otra de las historias traumáticas de mi desdichada existencia. Un día, ¿cuál día? Eso no importa, solo fue un día, cualquier día, no fastidies, no te detengas en nimiedades, concéntrate en lo esencial de la historia, la médula, me entiendes. Pues ese día descubrí una silueta con forma humana sobre la pared del interior de una casa, como una sombra al principio que tras unos segundos se dibujó perfectamente. No me preguntes qué pared, ¡por favor! La vi moverse levemente. No sé por qué, pero ni me sorprendí, solo la vi y me acerqué. Puse mi mano abierta sobre la pared, adelante de su cabeza, y ella pasó la línea de su frente debajo, de derecha a izquierda, y se detuvo. Retrocedió. La silueta mostraba solo sus contornos. No se puede saber si tenía sexo, solo se veían sus contornos, digo, en la pared. Digo, pasó debajo de mi mano, lo cual significa, como luego pude determinar, que vivía... Digo vivía, te das cuenta, y no sé si eso sea parte de su existencia, si esa palabra le dé significado a su estar, a su ser. ¿Viviría, o habría que utilizar otro término para referirse a su existencia, a su estar? Bueno, esa es una cuestión filosófica que me metería en unas profundidades de las que no saldría nunca, quizá, y tú no estás para aguantar tanto, me imagino, y no sé si sea relevante en este caso. Además, te he detenido ahora solo para contarte de su descubrimiento y lo que me ocurrió con su aparición. *¿Ok?* Bien, retomo el hilo de la historia, vuelve tú al hilo también. Te decía que pasó bajo mi mano, lo cual me llevó a concluir que estaba, ese término se adecúa más en lugar de vivía, sí, estaba más allá de la superficie de la pared, dentro de ella, estaba bajo algún tipo de piel de la pared, digamos dentro de la epidermis de la pared, una epidermis transparente, sin duda, porque a través de ella yo podía verla. En seguida se movió de nuevo y ya no paró, se fue… Iba a decirte caminando, y la duda me detuvo, porque caminar se me hace más cercano a mover pies y piernas, o patas, según su especie. Y resulta que de esta silueta solo era visible del torso para arriba. Así que se «movía» … Siguió moviéndose por la pared hacia el frente, en dirección horizontal, como cualquier gente. Imagina cómo se desplazaba pensando en la forma que lo hacen los muñecos del tiro al blanco en las ferias, solo que en este caso iba dentro de la pared siguiendo una línea recta. Su velocidad era lenta, supongo que podía acelerar, no sé, pero esa vez iba despacio, tal vez para que yo la pudiera seguir. Y la seguí. Se desplazó por toda la pared de la habitación. Llegó a una puerta y cruzó la esquina, se metió atrás de la jamba y salió al otro lado de la pared del baño. Como en un paneo se deslizó por todo el entorno del baño hasta el lado opuesto de la puerta. Paró. Después giró completamente su… cuerpo e hizo todo el recorrido de regreso, palmo a palmo, hasta volver al punto donde la vi por primera vez y se detuvo.

La estuve observando detenidamente pensando-tratando de descubrir algo nuevo en ella. La silueta probablemente me miraba también, no lo sé, es improbable más correctamente dicho. Y ella podría estar pensando al mismo tiempo que yo, tampoco lo sé, menos lo que pensaría. Cuánta incertidumbre, dirás tú. Y tienes razón. Así pasa en situaciones como estas, cómo va uno a conocer tan rápidamente algo que *per se* es un misterio. ¿Y podría hablar?

Consideré que no hablaría, debido a que no se veía más que su silueta, es decir, eran visibles únicamente, repito, las líneas de sus contornos exteriores y porque estaba empotrada en la pared. Hasta ese momento yo no había logrado notar si tenía orejas y ojos, ella se mostraba siempre de perfil. Tú tampoco me preguntes por qué no se mostraba de frente. Cómo voy a saberlo yo. Me entiendes.

Abrí la boca. No me di cuenta en qué momento la abrí. Tantas interrogantes me habían puesto palabras en el umbral de la boca. O las palabras me la abrieron. Cabe la posibilidad. Sí, las sentía allí, al fondo de la garganta, entre el paladar, la lengua, los dientes, los labios… pesadas… aglomeradas, inquietas, empujando… Palabras preñadas de dudas. Pensamientos convertidos en palabras. Palabras intangibles, pero concretas a la vez. Inmateriales y materiales, a la vez. Incoloras, insípidas… esperando, impacientes, el sonido. Palabras sin aire, sin respiración. Palabras no-palabras, queriendo ser palabras. ¿Qué eran hasta ese momento, entonces, si ahora yo no las clasifico entre las palabras? ¿Pensamientos en la boca? Puede ser. ¡O sea que es el aire…! ¿Al salir los pensamientos del cuerpo que los aprisiona y entrar en el aire, o el aire en ellos, como espermas en óvulo, es que se transforman en palabras?

—¿Qué eres?

—¿Puedes hablar?

Al fin unos pensamientos traspasaron el umbral. No me respondió la silueta. Se movía apenas lo necesario, como lo hacemos todos cuando estamos estacionados en algún punto, pero nunca estamos totalmente quietos.

El resto de mis pensamientos a punto de ser palabras reclamaba. Cerré la boca. Seguí pensando. ¿Pensará ese ser?

—(¿Piensas?)

—(Sí).

—(¿Piensas?)

—(Sí).

¡Serendipia! Telepatía.
Permanecí pasmado un largo rato.

Era pura transmisión de pensamientos, me estaba comunicando conlasilueta por telepatía. Yonolo podíacreer, jamás había experimentado en mi vida tal acontecimiento, ni creía que eso fuera posible. Telepatía.

—(¿Qué eres?)

—(¿A qué te refieres?)

—(¿Eres un espíritu? ¿Qué tipo de espíritu? Porque no eres persona, supongo).

—(Sí, soy persona).

—(¿Cómo? No tienes cuerpo físico como yo, y tampoco puedes hablar).

—(Sí puedo hablar. Solo que depende del lugar en que esté. Mejor dicho, si no estuviera aquí).

—(Explícame eso).

—(Es la pared. Estoy al otro lado de la superficie de ella, como dentro del repello, lo que ya sabes, creo. Afuera de ella sí hablaría).

—(¿Y no puedes salir de la pared?)

—(Sí puedo. Si quieres escucharme hablar, hay un lugar aquí cerca).

—(Claro, me gustaría que hablemos. Llévame)

— (Bien. Vamos).

Se deslizó despacio por la pared, ahora en sentido contrario a la vez anterior. Llegamos a una sala, pasó las esquinas y llegó a la puerta de acceso. Salimos a la terraza de un segundo nivel y continuó hacia la izquierda. Terminó el límite de la casa y avanzó hacia la otra. Tuve que saltar al techo vecino. Después al techo de una tercera casa en construcción, cuyo segundo piso estaba ya concluido. La silueta me esperó en una parte donde se acababa la pared con repello y en seguida se apreciaban solo los blocks.

—(Debes aproximarte exactamente a esta parte donde termina el repello.

Acerca tu oreja a la orilla.   Pégala).

Lo hice. Al rozar con el hélix de mi oreja la orilla del repello sentí un jalón, el cuerpo se me comprimió, una especie de encogimiento, una aspiradora me succionó. Al instante me vi dentro de la pared y simultáneamente miré aparecer afuera a una persona que no conocía. Sonrió esa persona y se alejó sin decir ni una sola palabra.

PARTE 0.1

CamionetAndo

Uno es protagonista, sin posibilidades de escape, de esas crónicas amargas de la vida en tránsito metidos dentro de esos armatostes colorados obsoletos, dinosaurios de metal, atestados de personas-semovientes, la mayor cantidad de pie, en los que no quedan espacios para afianzar las pezuñas y apenas se levantan las cabezas, jaladas hacia arriba por sus narices desesperadas, para disputarse el aire escaso y enrarecido, como queriendo huir de un tragante atragantado. Así iba yo, yo Helsinki Morales, gozando esa delicia de suplicio, cuando subió un señor sudoroso sosteniendo con ambas manos su mochila montada sobre la cabeza. Caminó forcejeando entre la aglomeración (¡misión imposible!), intentando adelgazarse, semejante mole de hombre, y empujando cuerpos se colocó detrás de mí aumentando aquella apretazón del demonio. Vestía una camiseta sin mangas de sisa amplia, dejaba al descubierto las partes peludas del pecho, del hombro y de las asquerosas axilas. No tenía de donde agarrarse, se mecía en medio del nudo de gente, por eso se recostaba en los demás para mantenerse en pie. En una de esas ocurrió lo que yo tanto había empezado a temer: con prepotencia se puso un poco a la par de mí y encajó perfectamente su sobaco en mi hombro y me lo restregó sin misericordia ni remordimientos.
¡Desgracia! Debió agradecer que yo no anduviera armado. Asqueado pensé que al llegar a la casa quemaría la camisa.

Es un infierno esto de viajar en los buses urbanos, insoportable existencia, uno se topa con borrachos, el ayudante que nos manda al fondo a juntarnos con la demás gente ya de por sí amontonada, de donde, después, es una odisea salir al aproximarse nuestra parada, choferes con música morbosa a todo volumen, olores de personas enfermas del estómago que les importa un carajo inundar la atmósfera con su hediondez. —¡Abusivo, idiota, deje de tocarme! —grita una muchacha a un individuo que se defiende esgrimiendo inocencia.

Otra vez que tuve la fortuna (fíjate que digo fortuna) de ir sentado del lado del pasillo del bus, un gordo me iba derramando su barriga encima. Lo peor fue otro sujeto que sobaba su miembro en mi hombro. Hasta supongo que el pisado tuvo orgasmos aprovechando las frenadas que lo movían rozándomelo hacia adelante y hacia atrás hacia adelante y hacia atrás del automotor.

Estos viajes en buses urbanos realmente sí son... ¡la muerte!

****

De verdad, esos viajes en camioneta en la urbe chapina son para deshacerse los sentidos, para derretir los pensamientos y para corromper y mimar la paranoia extrema del ser desahuciado. Son para el olvido.

—¡Trébol, al Guarda, Tikal Futura, 40R! ¡Trébol al Guardaaa!

Sube una señora con bebé a la espalda sostenido con una frazada típica y comienza a tirarse su parrafeada.

—Disculpen la bulla, la interrupción. Les pido disculpas por no subirme a ofenderlos.

—Venga, venga. Aquí adelante papa. Córrase mama, por fa.

—No consigo trabajo. Solo quiero pedirles una ayudita, tocarles la puerta de su corazón.

—Córrete, chavo. Allí en la fila de en medio. Vamos hacia atrás, allí está vacío, por favor.

Después de recibir algunas monedas la señora se baja y tras ella suben a lo largo del trayecto una retahíla de vendedores de galletas, chocolates, paletas, pomadas, mezclándose con predicadores, limosneros, cantantes, los que fingen ser ciegos, supuestos enfermos, etc. Cuando al final logra uno bajarse de la unidad lo hace todo atarantado.

Por otro lado, vale la pena comentar que las mujeres que mejor se pintan, aunque parezca increíble, y es de mal gusto, son las que lo hacen en los buses en marcha. Ellas logran delinearse bien los ojos a pesar de la violencia con que manejan los choferes, es de creer que en la quietud hacen de su cara una obra de arte. Pinturas de premio (je, je, je).
Y eso de mal gusto, de verdad que lo es, hay quienes que hasta las uñas de las manos se van cortando. Solo falta que alguna vez se corten las de los pies.

Así es la vida de caprichosa
A veces negra, a veces color rosa
Así es la vida jacarandosa
Te quita, te pone, te sube, te baja, y a veces te lo da...

(Por fin un bus con buena música).

Acontece todo tipo de experiencias peludas dentro de esos vejestorios de camionetas. Vaya, mira, por ejemplo, el que viene en el sillón de atrás estornuda o tose directamente en nuestra nuca bañándonos de mocos literalmente. Hay sujetos, de los que van de pie, que son auténticos aspersores cuando estornudan y tosen, pues hasta giran sobre sí alegremente y riegan, como bendiciendo, a toda la gente ubicada varios metros a la redonda. Los virus aquí, entonces, se comparten de manera fácil y gratuita, y en ocasiones individuos con distintos virus se intercambian entre sí los males, de tal manera que contraen un virus sobre otro y se vuelven combos virales. Las mutaciones se consiguen de esa forma. Por eso, ya no neguemos que nos estamos convirtiendo en verdaderos seres mutantes. ¡Qué bien! Una respiración fuerte nos da en la cabeza, a veces salpicada de alcohol. Alguien habla gritando por celular porque piensa que su interlocutor está lejos: que por favor le entre unos calzones que dejó tendidos en el lazo porque podría llover. Que ponga frijoles al fuego, que ya no se meta con ese hombre porque él solo joderla quiere y después la va a dejar tirada. Alguien se queja en la radio que se escucha dentro de la nave del olvido, la camioneta colorada, de las que se conocen como tomates: «Yo quisiera un país sin túmulos. El túmulo conquista su símbolo en esta patria atrasada. Va despacio, da golpes, empobrece».

****

El tedio dentro de estos cajones de metales oxidados, ahumados y abollados, solo se soporta inmersos en las redes sociales o en los juegos de los móviles. Al caer las sombras de la noche se aprecian las luces de los teléfonos en medio del bosque de personas, los rostros iluminados, semejantes a los personajes que memorizan libros en la novela *Fahrenheit 451*, de Ray Bradbury, una especie de predicción del lúcido escritor de esta forma de vida actual.

Viajar aquí sí es tema que requiere libros exclusivos para desarrollarlo. Todos sabemos que es tan espantoso el tráfico en Guatemala que el vehículo, cuando uno lo saca a las calles, en lugar de viajar se va a estacionar.

Un caso espeluznante es la cantidad de carros, otro, la cantidad de personas que viaja hacinada donde apenas cabe un respiro más. Tanto es así que la siguiente imagen real parecerá una ilusión: baja un montón de gente y la urbana sigue más llena, es como si la camioneta comprimiera la carga y que conforme bajan poco a poco sus pasajeros se va descomprimiendo, o como una vejiga aprisionada en el puño de una mano que al abrirlo se va expandiendo. Otra persona, o un marciano, por ejemplo, que desconociera este fenómeno y que observara desde afuera como escupe personas por las puertas continuamente, podría jurar que se trata de una magnífica máquina que fabrica seres humanos en serie y en serio.

Otros libros aparte hay que escribir acerca de la música que ponen los choferes de las camionetas, es de lo peor. Allí el menú es de banda, grupera o duranguense, ranchera, el reggaetón y perreo. Imagínate al pobre Helsinki oyendo todo eso. Truenan las bocinas en el espacio reducido de los buses urbanos, los tímpanos de la gente puestos a prueba. Es el reflejo puro de la cultura del chofer y su ayudante. De esa música se contamina a las personas cuyos contenidos son vulgares, violentos y sexuales explícitos, incluyendo videos.

****

Vida de perros...

De perros de la calle, por supuesto, porque hay perros que son muy bien atendidos, como bien lo dice una canción del famoso grupo Guaraguao:

Usted no lo va a creer,
pero hay escuelas de perros y les dan educación
pa que no muerdan los diarios...

Pues cercano a eso era mi vida, todo el año siempre trabajando como negro, como se dice, porque seguramente a los amigos de color también se los llevaba la gran chingada breteando. Así me tocaba a mí, a lo bruto, bestiando. Casi no veía despiertos a mis hijos, los dejaba durmiendo aún y al retornar a la *house* estaban a punto de irse a la cama. Perdía gran cantidad de tiempo solo en el traslado desde y hacia la chamba. Imagínate, salía de la casa a las cinco y media de la mañana, a oscuras todavía la mayoría de las veces, y regresaba a las ocho de la noche, rutinariamente de lunes a sábado, y con esos agravantes que ya he mencionado, como viajar parado en la camioneta todo el tiempo y amontonado con la súper población que meten los desgraciados autobuseros en sus unidades, más todas las molestias que eso ocasiona y el temor a ser asaltados en cualquier momento.

¡Horrible la situación! De tal manera que el disfrute de los días de asueto o feriados eran fugaces, tanto la Semana Santa como la navidad pasaban como ciclistas del *Tour de France:* a lo lejos los veo venir-pasan-se fueron

Y como para que sirva de testimonio (oh, disculpas, soy Helsinki Morales. Sí, Helsinki. ¿Ya lo había dicho?), copio íntegro un post que publiqué un día en el *Facebook* y mira la cantidad de comentarios que suscitó:

Mis condolencias a todos los que viajan en los buses. Horrible, muchá, es un suplicio. Esta tarde fui a la zona 1 por un libro. De regreso por la Petapa una atrancazón del infierno, calor sofocante, una caldera dentro de la camioneta *full* de mara. El chofer con su música duranguense a todo mecate y una vieja fiera en el sillón contiguo de atrás cantándolas también; a más volumen del aparato, más recio cantaba la mujer casi soplándome las orejas, erizándome el pelo y la piel. Me daban ganas de... ya saben ustedes. Puro ambiente de cantina, solo faltaba que pasaran las botellas y las «niñas» ofrecieran sus servicios querendones. ¡Cuánta violencia cotidiana!

En medio de ese escándalo yo trataba de leer la novela *Margarita, está linda la mar,* pero Margarita se empurró y la dejé toda deshojada, con toda razón. ¿Cómo algo poético puede sobrevivir en esas atmósferas asfixiantes, tóxicas? (Lo siento, Margarita, esa mar estaba fea).

Mi solidaridad con el sufrido pueblo que a diario pasa por ese calvario.

#isla2deHelsinkiMorales

 79 Ruth Vaides, Brenda Monzón y 77 personas 58 Comentarios 1 vez compartido

Me gusta   Comentar   Compartir

Comentarios

Jacky Blue Nis Cierto!!! siquiera le bajaran un cacho a esa basura auditiva!!! pocos son los buses por cierto que llevan música de verdad (o sea rock!!!) o tranquilizadora, esperanzadora (cristiana). ···Edita o elimina el comentario

Me gusta· Responder · 7s

HelsinkiMorales Experiencia más desalentadora, tú.
···Edita o elimina el comentario

Me gusta · Responder · 7s

Carlos Mendez Rosa Paciencia chiquitín.

Me gusta · Responder · 7s

HelsinkiMorales Insoportable, vos. Allí se ponen a pruebas los campeones de la paciencia.

Me gusta · Responder · 7s

HelsinkiMorales Sí, lo duro es vivirlo todos los días.

Me gusta · Responder · 7s

Elsa Letras Que pena haber experimentado un poquito de las manifestaciones populares. Pero sí, así es "el pueblo, este pueblo" pobre, maleducado, alienado y feo, también (por lo de la señora, (vieja). Ojalá no le vuelva a suceder. Un abrazo.

Me gusta · Responder · 7s

HelsinkiMorales Aquí parece que no hay escapatoria, Elsa, la pura necesidad orilla a desbaratarse en esas "reuniones".

Me gusta · Responder · 7s

Adonis De León Como loto en el pantano nació mi poesía en un asiento de una camioneta velotax de la ruta al Atlántico Una tarde de agosto en día domingo lluvioso. Cuando mirando las gotas caer como lágrimas en esa venta Mi ser poseído por una fuerza que no pude esconder empecé a escribir. Mientras un tipo le pedía dinero al de atrás y el ayudante bajaba a un borracho del bus. Como puede ser posible. Hace casi veinte años de ese suceso y no lo logró olvidar. La tarde de domingo lluvioso aquel agosto en que la poesía en mi pecho anidando jamás se marchó. Y hasta el día de hoy sigue dando vueltas Hay infiernos donde puede resurgir un halo de esperanza. Hay ciénagas que producen los mejores lotos. Los colores más bellos por terrible que parezca. En un infierno como ese la poesía entró a mí una tarde de agosto y nunca más se fue...

Me gusta · Responder · 7s

HelsinkiMorales Es seguro, vos. Lo que allí pasó posiblemente es que vos te concentraste en el entorno intentando capturar todos los detalles de la escena para plasmarlos en un poema. Eso suele pasar. Pero yo estaba tratando de leer una novela luchando contra todo el rollo que me circundaba.

Me gusta · Responder · 7s

Adonis De León La cosa que es un vergueo ese cuchitril que hacen del servicio público jajajajajajaja.

Me gusta · Responder · 7s

HelsinkiMorales Simón jajajaja.

Me gusta · Responder · 7s

Ruth Lopez Orizabal Yo por eso ni salgo, aquí guardadita estoy más bonita jeje. Conozco esa ruta, es terrible y el susto de que en cualquier momento lo asalten a uno.

Me gusta · Responder · 7s

HelsinkiMorales Lo que ocurre conmigo, yo salgo muy poco, por eso me espanto al encontrarme con todo ese descalabro.

Me gusta · Responder · 7s

Ruth Lopez Orizabal Igual cuando voy a la sexta, me paro y respiro profundo, me preparo mentalmente y ayv oy que nervios... pero tenemos que vivir con eso para desplazarnos. Te abrazo poeta querido

Me gusta · Responder · 7s

HelsinkiMorales Un abrazo bonito para ti.

Me gusta · Responder · 7s

Fernando Palacios Un abrazo HelsinkiMorales.

Me gusta · Responder · 7s

HelsinkiMorales Un saludito, compadre. Que estés bien.

Me gusta · Responder · 7s

Fernando Palacios Gracias. 😬

Me gusta · Responder · 7s

Crista Salas Eso es lo unico que no extranio de Guatemala

Me gusta · Responder · 7s

HelsinkiMorales jejeje Dichosa tú. Un gran abrazo Crista.

Me gusta · Responder · 7s

HelsinkiMorales Pablo Aníbal Bueno, pero de alguna manera me rasguñó el alma.

Me gusta · Responder · 7s

Gustavo Adolfo Bracamonte Cerón Buena narración, es un cuento hiperrealista.

Me gusta · Responder · 7s

HelsinkiMorales Hay que vivirlo para contarlo, vos. Aunque con otros pasa lo contrario por la violencia que también campea.

Me gusta · Responder · 7s

Anaythe Mendez Margarita está linda la mar y el viento lleva esencia sutil de azahar... qué lindo poema lo demás pues así toca así que al mal tiempo buena cara ☺

Me gusta · Responder · 7s

HelsinkiMorales Pero es que de verdad, algunas pasajeras son puras Margaritas y qué pena que les toque vivir tal experiencia.

Me gusta · Responder · 7s

Anaythe Mendez HelsinkiMorales 😄

Me gusta · Responder · 7s

Claudia Veronica Sanchez Lopez Horror… Es ahi a donde me refiero que la poesia no podra salvar a todos... Y no es amarillismo

Me gusta · Responder · 7s

HelsinkiMorales Exacto, imagina que la Margarita salió toda maltrecha de ese feo trance.

Me gusta · Responder · 7s

Claudia Veronica Sanchez Lopez HelsinkiMorales jajajaja 😄 😄

Me gusta · Responder · 7s

Gustavo Garcia deberías de leer el cuneto de Eduardo juarez "un dia en la vida de Oscar"

Me gusta · Responder · 7s

HelsinkiMorales Lo voy a buscar. Buena recomendación.

Gustavo Garcia se encuentra en la antología ni no sé qué nimaldita 2012

Me gusta · Responder · 7s

HelsinkiMorales jejej Título original.

Me gusta · Responder · 7s

Gustavo Garcia es una antología que hizo Santillana bajo la coordinación de Eduardo villaobos con 24 cuentos de 34 guatemaltecos para mi los mejores el de Eduardo halfon, el edy roma, el de Eduardo juarez y el de paco mendez.

Me gusta · Responder · 7s

HelsinkiMorales Ya me inquietaste. Son obras que a veces pasan desapercibidas, pero que vale la pena tener. Voy a talonear el libro, vos.

Me gusta · Responder · 7s

Gustavo Garcia yo creo que es un libro parte aguas para definir a la verdadera nueva literatura nacional, aunque como siempre faltan algunos y están demás otros.

Me gusta · Responder · 7s

HelsinkiMorales Lógico, y eso que decís vale, porque debemos identificar bien la línea por donde marcha la literatura actual. Good.

Me gusta · Responder · 7s

Carlos Augusto Alonzo Oliva Y en la noche es peor Helsi, con el arreglo de la carretera la espera es más larga y uno escuchando esa música tan fea y otras cosas

Me gusta · Responder · 7s

HelsinkiMorales Cierto, yo venía a las 5 pm, en la noche seguro la gente hasta viene durmiéndose. Tragedia.

Me gusta · Responder · 7s

Maria Pineda Cierto es de todos los días en cualquier transporte

Me gusta · Responder · 7s

HelsinkiMorales Y no hay escapatoria, Maria

Jose Miguel Chito Sanchez Lopez Quiere ganas y valor andar en bus amigo,

Me gusta · Responder · 7s

HelsinkiMorales Aaah, debe ser héroe para soportar tal desbarajuste, Chito

Me gusta · Responder · 7s

Leo De Soulas Aunque a la mayoría del pueblo le encanta ese ambiente de cantina, y encima de esa bulla, todavía sube más de alguna viejita desocupada o un marero redimido a predicar la palabra de dios. Eso se llama ser un pueblo muy folclórico.

Me gusta · Responder · 7s

HelsinkiMorales "No me ignore. No mire para otro lado cuando paso por su lado", o cuentan unas historias tantas veces practicadas para sacar fichas. También están los aprovechados que pasan sobándole las nalgas a las chicas. Otros podrían decir que es antro, una habitación de la perdición jejejej Realismo trágico vos Leo

Me gusta · Responder · 7s

Gustavo Garcia Yo casi toda mi vida anduve y ando en camioneta, nunca he aspirado a tener carro, ni creo que en el futuro lo haga. Tengo mas de 50 años de usar ese servicio de transporte acá y en muchos lugares mas de América. Recuerdo que para mi fue impactante que…Ver más

Me gusta · Responder · 7s

HelsinkiMorales Gustavo Perfecta exposición. Cierto, el problema no es solo nuestro, y tampoco se salva quien tiene carro propio, porque la desgracia mayor es que en las calles ya no caben los carros. A veces, incluso, es más horroroso ir en su carro porque no se puede abandonar cuando se traba todo y no queda ni una salida. Todo esto que hablamos debe servir un poco para volver a poner el tema sobre la mesa y continuar exigiendo que los gobiernos abran un poco su mente, dejen sus particulares intereses por un lado y echen a andar proyectos de beneficio colectivo. Soluciones para el problema del transporte hay, pero nadie le entra, brother.

Me gusta · Responder · 7s

Victor Muñoz Y encima leyendo esa novela. Sergio Ramírez es un extraordinario cuentista, pero como novelista...

Me gusta · Responder · 7s

HelsinkiMorales Estoy descubriéndolo. Voy por la página 90, todo cuesta arriba. No sé si después se ablande, por lo menos.

Me gusta · Responder · 7s

Victor Muñoz Yo la terminé por pura disciplina. He leído pocas cosas tan malas. Qué pena por mí.

Me gusta · Responder · 7s

HelsinkiMorales Victor Muñoz Bueno, haré mi mejor esfuerzo.

Me gusta · Responder · 7s

Carlos Mendez Rosa Vengase paca aqui esta mas o menos todavía

Me gusta · Responder · 7s

HelsinkiMorales ¿Y el palomar?

Me gusta · Responder · 7s

Carlos Mendez Rosa Ai ta todabia si no hacemos otro

Me gusta · Responder · 7s

HelsinkiMorales Va, pero sin elevador, y que las gradas estén todas echas mierda para que les cueste subir a aquellos que lleguen bien socados. 😂🙊😂😂

Me gusta · Responder · 7s

Carlos Mendez Rosa Tabueno pero te dejas de quejar

Me gusta · Responder · 7s

PARTE 0.1.1

Día increíble

Ella era linda, ya lo había dicho, ¿no? Mmm bueno, creo que sí...

Cómo olvidarla. La conocí una mañana espléndida, fue cuando descubrí las primeras casas mudas, esas viviendas que no tienen puertas ni ventanas. En esas casas mudas y edificios mudos se abrían las paredes y bajaban elevadores para llover personas a la calle o al interior de ellas a través de los niveles altos.

Se supo que construyeron estas residencias por seguridad, puesto que la delincuencia estaba desatada y en la protección policial no se confiaba para nada, al contrario, se les temía a las mismas autoridades porque cometían abusos en muchas ocasiones contra la ciudadanía indefensa.

Ah, y quiero presentarme antes de alargarme en las historias en las que me he visto inmerso. Mi nombre es Helsinki Morales. Algunos amigos solo me dicen Helsi. Está bien.

Era linda. Ya lo había dicho, ¿verdad? Tez rosada. ¡Sus cabellos...! una tempestad de belleza: rizos dorados desplegados coronando sus senos y su espalda. Con pecas brillantes en su rostro exquisito. Metro sesenta y dos de estatura, aprox. Ni gorda ni flaca. No le faltaba nada, estaba exacta, un paquete completo. Una invitación irresistible a mis sentidos. Me llegó como si la hubiese hecho a pedido. ¡Linda! Muy linda, ya lo había dicho, ¿verdad?

Esa mañana, una clara mañana, apareció en la calle como de la nada. Me preguntó sobre ese incidente del constructor con su pierna fundida. Yo le expliqué todo detalladamente, con sobrada amabilidad, por supuesto. A los pocos minutos estábamos los dos saboreando unos deliciosos bocaditos en la pastelería de la esquina. Y más al rato me la estaba saboreando a ella, o ambos nos estábamos saboreando, para ser más puntual.

Pero, bueno, se hace necesario relatar el incidente del constructor fundido, no debo pasarlo por alto porque fue algo realmente fuera de lo común. Lo haré tal como se lo conté a ella, pormenorizadamente, despacio, lento. Lentitud por la que mi madre siempre me decía: pareces pene después de la eyaculación. Tenía razón, nunca he negado mi flojera. Pues por eso se lo narré a ella así, como si esa vez me fuera a ser más útil hablar muuuy pausadamente. La cosa va de esta manera: cuando ya caía la tarde, el pobre albañil se recostó a descansar entre sacos de cemento, arena, blocks, etc., se tapó con un cartón grande y se quedó dormido. Estaba a la orilla de la corona, o sea, junto a la armazón de hierro y de la tarima. La pierna izquierda encogida y la derecha estirada. Los demás obreros no se fijaron, por la prisa de echar el concreto premezclado que se desparramaba en grandes cantidades. No vieron la pierna del compañero alargada caída a la par de la mencionada corona, en una zanja adicional que no formaba parte del área prevista para llenar de concreto. De tal manera que, al concluir la fundición, los constructores tomaron sus cosas y, sin preocuparle la ausencia del desdichado, se marcharon dejándolo en la penosa y peligrosa situación referida.

La mezcla de cemento se fue secando y la noche acercando, poco a poco, poco a poco, minuto tras minuto, hora tras hora, hasta que finalmente se endureció por completo la oscuridad y el hormigón. En ese momento, el peor momento, sin duda, el individuo empezó a despertarse e intentó recoger la pierna derecha... ¡Qué espanto! No lo pudo hacer. Tiró violentamente el cartón e incorporó el torso y quedó suspendido sin comprender lo que pasaba. Solo vio una pierna y la otra no. Aturdido fue cayendo en la cuenta de la realidad. Palpó el cemento, luego lo golpeó con el puño, a la vez que trataba de liberar la pierna. Todo en vano. Vio en derredor, ninguna herramienta a la mano.

Tendió su mirada angustiada atravesando las sombras y la tarima por toda la plancha de cemento, la cual medía más de doce metros cuadrados. Enorme desgracia se levantaba ante su vista estupefacta aquella negra noche. Pensó en Dios. Quiso rogarle, entonces, pero en seguida recordó la idea que le escuchó decir a alguien en cierta ocasión. Esa persona afirmaba que el todopoderoso no ayuda a los pobres. Decía que hay mucha gente que tiene a Dios comprado, porque tiene dinero. A los pobres les queda muy poco Dios. Por eso es que la salvación no llega a todos. El dinero es lo que vale más, sostenía. Y agregaba enfático: ¡si la billetera conmigo, ¿quién contra mí?! Así que, tras considerar esa opinión errante, el albañil tomó la resolución de gritar para que alguien lo auxiliara. En corto tiempo la puerta de lámina estaba abierta y la gente aglomerada. El sujeto al fin fue liberado por varios hombres, quienes rompieron el concreto con instrumentos que llevaron de sus casas.

Todo eso lo supe a la mañana siguiente del incidente, unos minutos antes de que ella me lo preguntara, por suerte. Me lo contó un vecino a quien a su vez se lo había referido el afectado tras ser rescatado de ese hecho que pudo ser una tragedia. Accidentes inexplicables que pasan por azares del destino, tal vez.

Excepcional suceso. Así y más ampliamente se lo relaté a la chica... linda ella, he dicho, verdad.

Esa vez, esa fecha, esa mañana, me sucedieron tantos casos extraordinarios de verdad, que realmente no cabían en la mañana, por más duradera que esta fuera, ni aunque ella misma incluyera la tarde. No, no podrían caber únicamente en esa mañana. Sin embargo, todos sucedieron esa mañana.

Cómo olvidar esos eventos matutinos. Tengo bien presente que después de probar aquel bocadito de chica linda... era linda, ¿ya lo había dicho? sí, dispuse llevármela a un lugar más íntimo. Entonces, nos pusimos de pie, avanzamos hacia la salida de la pastelería. Cuando ya estuvimos sobre la acera vimos, boquiabiertos, pasar un caballito blanco, brillante, sonriéndonos. Coqueto el animalito. Fantástico. Parecía irreal o imaginario. Bailaba en su andar. Nadie lo acompañaba. Llegó a la esquina y dobló a la derecha. Nosotros no pronunciamos palabra, solo nos miramos e impulsados por la fuerza natural de la curiosidad, fuimos a la esquina. Allí lanzamos la vista a lo largo de la calle, por paredes, puertas y ventanas... inexistentes. Camiones, ascensores... El ruido del motor diesel de un autobús viejo se iba arrastrando por un largo muro de block... ¡Y no había ningún rastro del caballito blanco!

¿Qué se hizo el caballito? ¿Era, al final, irreal o imaginario? No lo pudimos averiguar. Así que después de los comentarios y repuestos de la alucinación, la linda nenona... linda... sí, y yo volvimos sobre nuestros pasos dispuestos a retomar el plan que, recuerdo bien, urdíamos ambos, de manera tácita, supongo yo, según nuestras ganas. Ella era como un premio para mí, y yo me decía así mismo saboreándome: he recibido la carta que tanto esperó *El coronel no tiene quien le escriba*.

Más, ¡a qué tanto cuento! Ya que esa misma mañana la chica se me escapó como pez de las manos. Con tan mala suerte que por no cargar mi celular apunté su número en un pedazo de papel y de su dirección no me preocupé. Sí me la dijo, estoy seguro, pero la escuché sin poner suficiente atención y no tomé nota. De tal manera que otro día que me interesé en volver a encontrarme con ella, su número no apareció por ningún lado. La fui a buscar por donde supuse que vivía, con cero resultados por más que lo intenté. Lo que no es para uno...

Era linda, ya lo había ¿no?... Yo recuerdo que era linda. Es cierto que a veces la memoria falla un poco, lo sé bien. Pero ha de ser poca la diferencia en cuanto a los atributos que ella mostraba... sí... Bueno, aunque no fuera tan linda. Probablemente era delmercado queestaba allícercade donde me la encontré. Mmmm al final no es eso lo más importante, cualquier otro asunto puede serlo más. Además, en el mercado también puede haber chicas bonitas, ¿verdad?, ¿o será que estoy molesto porque ella no me buscó?, ¿por qué no me buscaría? Soy todo preguntas. Sin embargo, ahora que lo pienso mejor, creo que los mismos hechos a que me refiero tampoco ocurrieron en la mencionada mañana, se me hace que quizá fue en la tarde...

De lo que sí estoy plenamente seguro es que las casas no tenían puertas ni ventanas. Estoy completamente seguro de eso. No me cabe ni una pizca de duda. Aunque, vaya, nosoy totalmente cerrado a la verdad. Un poco de flexibilidad es conveniente. Por la verdad soy capaz de dar a torcer mi brazo. Por eso podría admitir una leve sospecha de que las casas mudas y los edificios mudos lo fueran tal no para defenderse de la delincuencia, sino para todo lo contrario. Casas mudas, eso eran, ni más ni menos. La verdad, todo por la verdad.

—Verdad, ¿por qué caminas descalza?

****

Se me ha dado la gana, y no hay quien lo impida, de llamar a esta parte de mi historia **Fuera del tiempo.**

En mis andanzas por las calles de la ciudad capital vi de todo y me pasó de todo. A veces me asaltaron y hasta sufrí heridas y golpizas de gratis. Sí, esos incidentes me ocurrieron principalmente cuando viví en la cuarta avenida de la zona 1. Cuando me mudé a otra zona también me ocurrieron hechos graves. Total, esta detestable urbe no tiene nada bueno que ofrecer. Pero esas son historias que ya están registradas en un libro que ahora no sé dónde podrá estar, quizá ya lo perdí. Voy a referir otros sucesos, todos sueltos, algunos triviales, otros interesantes o simplemente entretenidos, cosas que se miran en una esquina o en algún parque, y peripecias en mi propia colonia. Es tu problema si te quedas a leer.

Me largo contando estos acontecimientos desde el presente, el ahora, otros acudirán a mi memoria, por lo que también iré al pasado a echar un colazo. Vamos.

Ah, y por si hay reclamos o acusaciones, soy Helsinki Morales. Ya lo había dicho, ¿no?

****

Funámbulo y saltarín.

A mí me gusta ser ágil, no musculoso. Hago ejercicios solo para sentirme elástico, disfruto caminar largos trechos y saltar, lo mismo que caminar sobre bordillos de cemento todo el tiempo posible. Para lograr un cuerpo gimnástico es necesaria una rutina, por ello yo elegí e inventé mis propios ejercicios, según mi criterio, los que practico en mi apartamento antes de cada baño, todo con el propósito de mantener peso liviano, condición indispensable para tal efecto.

****

Llego donde la señora que vende comida y le pido un chile relleno.

—¿Picante o de los que no pican? —me pregunta.

Pido de los que no pican. Están todos revueltos y ella con facilidad toma el que corresponde. Yo, como los veo todos iguales, le pregunto que cómo hace para identificarlos.

—¿Por qué unos son picantes y otros no? —me responde, y se mantiene seria.

Cualquiera me falta el respeto.

****

Son las once de la mañana. La temperatura ambiente oscila en los trece grados. Cae una llovizna que me moja suavemente, pero que ignoro. Me importa un rábano o una guayaba o un puerro.

Este es un centro comercial de élite y estoy solo, sentado en una banca de madera tratada, bajo un flamboyán. Mi mano izquierda me sostiene el mentón. Cabizbajo, la vista derrotada en el piso. El semblante serio, y me imagino con pucheros quizá dibujados fríamente por un artista que nada en la nada. Seguro tengo cara de malos amigos. No sé qué pasa en la ciudad, es buena noticia no saber lo que pasa en el mundo. De verdad, ¿los locos serán felices?

Soy endeble, quebradizo, susceptible, mis manos están frías todo el tiempo, me arrastran las inseguridades. Soy un fracaso. Mi cabeza se mantiene llena de miedos, cargada de demonios, y por eso, la idea de matarme es frecuente. Antes de enfrentar una batalla ya la perdí, mi propia mente es mi mayor enemigo, siempre se opone a mis deseos. Le tengo miedo al miedo.

Mis debilidades, por otro lado, me hacen imaginar que soy un superhéroe, o es solo un deseo. Claro, es un deseo. A veces imagino que arremeto contra cualquier individuo que me ha hecho algún daño, que lo agarro del cuello, lo levanto como pluma y lo lanzo como tal contra una pared. Todo acontece frente a un numeroso grupo de personas que me admiran y temen a la vez. Eso me satisface, que me teman, así nadie osará meterse en mi vida, jamás alguien intentará ofenderme. Luego, pongo los pies en la tierra y me desilusiono. Vuelvo al ser pequeño que soy.

Deambulo por la ciudad. Sin pensarlo detengo un taxi y le pregunto al conductor

—¿A dónde me puede llevar?

—A la ciudad de la felicidad —me responde.

—Usted está loco.

—No, yo soy la felicidad.

—¡Váyase al diablo!

Sigo caminando. Abandono por completo la idea de tomar taxi, pienso que el siguiente me podría decir «lo llevo al infierno», y no vaya a ser que se me ocurra aceptar.

El miedo, al final, me salva la vida,
y en algún momento me hará más fuerte.

****

Detengo mi andar por la zona 10 de Guate y me siento en una banca que tiene dispersos pétalos y flores, los cuales han caído del árbol matilisguate que ha tendido sus amables ramas por encima. En seguida, abro mi memoria para retroceder algunas horas… Camino, equilibrando, sobre un bordillo del tiempo pasado…

Un malabarista en un semáforo con tres machetes filudos girando en el aire en círculo mantenía atenta la mirada de los peatones y de automovilistas detenidos en el rojo, pues al tiempo que movía sus manos sostenía en la derecha una naranja que, supuestamente, también incorporaría a las vueltas de los machetes. Esto ocurrió, pero con un acto más espectacular: lanzó la naranja hacia arriba siguiendo la trayectoria de los tres machetes y cuando alcanzó la parte más alta, un machete la pasó cortando en dos, luego, las dos mitades cayeron una tras otra detrás de los machetes, tocaron las manos del malabarista y este las volvió a impulsar hacia arriba, y continuó, entonces, jugando con los cinco elementos al mismo tiempo.

Al final, llegó el acto mortal en el que realmente expuso la vida. Un acto hipnótico. Retiró de juego las dos mitades de la naranja y quedaron volando únicamente los tres machetes. En seguida, tomó un machete con la mano izquierda y otro con la mano derecha y ya no los lanzó. En el aire quedó circulando solo el tercero. En una vuelta, ese machete subió, y ya en lo alto se volteó y empezó a descender con la punta hacia abajo directo a la cabeza del malabarista. El hombre, frío, mirando al frente de los vehículos, extendió sus brazos, como alas, y sonriendo esperó la fatídica estocada. Y en efecto, sucedió, el machete se sembró en su cabeza y se quedó cimbrando. El actante, sin embargo, no se inmutó, continuó de pie y sonriendo. Luego de dos segundos en su postura burlesca, se movió y mostró la espalda a los automovilistas: el machete no estaba incrustado en su cráneo, como pareció, había caído dentro de la vaina que tenía sujetada en la parte de atrás. En ese mismo momento, de las bolsas del pantalón le brotaban mariposas de distintos colores, una tras otra.

La danza de los matachines del siglo XXI.

****

Me distraje observando, a prudente distancia, a un individuo que hábilmente entretenía con sus palabras a un grupo de personas. Lo que más me llamó la atención fue la manera en que fumaba y hablaba a la vez: interrumpía la plática para darle un jalón al cigarro y seguía hablando/ masticando el humo y dejándolo escapar suavemente entre las palabras gozosas y vaporosas. El humo salía, formaba una nube frente a su boca, flotaba, luego, con destreza lo succionaba de nuevo, acción que él llamaba «la rumiada del fumador». Y se puso a explicar esas maniobras del fumador. Aseguró, según sus propias palabras, que al salir el humo se deposita en una bolsa exterior invisible, de aire, para luego volver a traerlo hacia adentro. También reveló que ese es un secreto para sacarle doble provecho al cigarro y, lo mejor aún, enfatizó, que así, en esa ida momentánea afuera del organismo, se le quita lo dañino al tabaco, pues el oxígeno se encarga de lavarlo.

Fumar debe ser un arte, muchá, «aconsejó», por lo tanto, hay que despreciar o hasta meter preso a quien fume solo por fumar. Y para cerrar con broche de oro esta parla nada cansina, dijo el fumador agitando su mano abierta como los raperos, ahora quiero ponerles una buenísima rola. Abrió la portezuela del carro, encendió el aparato, lo *touchó* un par de veces y empezó a sonar *La balada del cigarro,* un temón de la banda Planeta rojo.

Qué buena onda, valió la pena quedarme abriendo la boca escuchando las pajas de ese loco.

****

Hoy, 5:20 a.m., ya aclarando la mañana, conducía suavemente por la avenida arbolada de una colonia. De pronto un felino dorado atravesando la calle. Alumbrado por los faroles del carro me pareció un gato de luz.

¿O sería alucinación? No creo que los hongos amarillos…

****

Ayer era el último día para hacer uno de mis pagos obligatorios en efectivo de cada mes. Tenía ese dinero en la mañana. Luego tuve urgencia y eché mano de una parte. Desajusté la cantidad, pero estaba confiado en que solo debía pasar por un cajero 5B y zas. Así que hoy al caer la tarde, muy fresco metí la tarjeta en la ranura de una de esas máquinas y decía: «No se puede efectuar la operación intente más tarde». Me fui a un segundo. Igual. (Desesperado) Luego a un tercero... (Afligido) Ocho... (Angustiado) Quince... (Casi cadáver) Ochenta...

Ja, ja. No es cierto, no fui a tantos, pero sí a varios. Al final resolví el embrollo de otra manera. La lección es que no debemos atenernos tanto a esos benditos cajeros, ni-dejar-para-última-hora...

****

Esta semana algún polvillo portando un virus me infectó severamente. Me dio una tos terrible y afectó mis pulmones. Por eso anteayer fui a consulta a una clínica en la que me atendió una doctora, por fortuna, porque de inmediato me dijo que me bajara el pantalón y me clavó por detrás... dos inyecciones. Luego me hizo aspirar un polvillo blanco que no era harina, pero que tampoco era coca, y a beber una cucharada de jarabe. ¡Cuántos polvos estos días sin probar placer!

****

Como ya he dicho, no todo ha sido tropezones en mi vida, o, para agregar un lugar común, no todo ha sido miel sobre hojuelas. Ha habido momentos exquisitos, no lo niego. Por ejemplo, con las chicas he tenido roces delicados y encuentros sublimes, aunque con ellas también hay decepciones. Todo es parte de la variedad en la existencia del inútil ser humano. Vale, pero veamos las relaciones con algunos cuerpos apetitosos. Unas experiencias son recientes, otras muy lejanas en el tiempo…

****

Este pasaje lo etiqueto como **Fuego sobre fuego.**

¡Ahhh, la vida, las vueltas que da!

Cuando yo apenas estaba abandonando la adolescencia, tuve una chica de unos quince años, aproximadamente, y era virgen, para poner un detalle notable. Un verdadero bombón. Noruega García, que era su nombre, vivía sola porque había emigrado de una región del caribe hacia mi pueblo (casi digo hacia mí), y trabajaba en un restaurante. Yo que también ya tenía un empleo, le conseguí un apartamento pequeño y se lo costeaba. La muchachita era mi primera mujer, podría decir, aunque sin casarnos, por supuesto, con quien tenía relaciones sexuales tooodos los días. Sí, le dábamos tan tupido que por eso yo muchas veces salía a la calle con el peculiar olor a sexo.

Recuerdo que, en cada encuentro, le besaba el cuello como tocando violineta, o parecía que estaba comiendo elote. Le recorría la yugular ansioso de arriba hacia abajo y de abajo hacia arriba al ritmo de las palpitaciones. Otras, solo me quedaba prendido semejante a un felino con la presa entre los dientes. Ella, por eso, me llamaba tigre, el músico del amor, o me decía tú desgranas tus besos casi en mi garganta para que me los trague pronto. Después me quedaba la sensación de que de tanto cepillarle el cuello con mi bigote hirsuto se lo iba adelgazando poco a poco.

De las veces que ella me permitió que la infiltrara, recuerdo con fruición, lo digo con el ego inflado, que con mis manos la agarraba de ambos hombros y ella intentaba escurrirse hacia arriba cual serpiente, para tratar de destrabarse supongo, y yo reteniéndola de esa manera, ni modo, para que no se me zafara. "¡Hay no, Helsinki!" me rogaba temerosa. ¡No, no, no, no! Pero después fue ¡sí, sí, sí, sí! Ya sabes tú cómo es eso.

Un secretito: cada vez que tengo un orgasmo me da por reír, siempre me rio. No sé cómo, por qué ni en qué momento comencé a reaccionar así. A veces, incluso, me da por vociferar expresiones como "¡Ay, me estás matando!", "¡Ohhh, tú, te estás vengando de mí!" Una vez, por eso, Noruega me bromeó diciéndome: "después de los gatos, tú eres el más bullicioso". "*Arigato*", le respondí yo reverencialmente.

Mi madre, atenta como la mayoría de las madres, tal vez empezó a observar algunos cambios en mí y algo sospechaba porque comenzó a decirme con frecuencia: "oye, Helsi, ¡qué flaco te estás poniendo!"

No recuerdo con exactitud qué tan bonita era Noruega, pero la pasamos muy bien.

Ahora, unos veinte años después, ya separado de mi esposa, me he encontrado con otra dulzura de muñeca que me quiere mucho y con quien he vuelto a las relaciones jugosas. Y por eso a veces le digo a ella bromeando cuando lo hacemos más de una vez en media hora: tú me has exprimido completamente, y quizá lo has hecho para asegurarte de que ni intente ver a otra mujer en los momentos que no estemos juntos, verdad.

Y no vas a creer esto, dirás, cómo no, claro, es pura ficción. Pues no. Resulta que esta chica también se llama Noruega.

Gran coincidencia de la que todavía no salgo de mi asombro. Sí, Noruega. No son pajas.

¡Ay, esta Noruega! Por la diferencia de edad, los padres se opusieron a que ella se juntara conmigo. La madre, incluso, dudaba que el amor de Noruega por mí fuera auténtico, dijo «a saber qué le dio ese hombre». Yo después caí en la cuenta de que en verdad le di algo. ¿Sabes qué le di? Le di poesía.

A la fecha de hoy le sigo dando poesía. Sabes, ella misma pide su pócima. Desde aquella vez que, mientras hacíamos el amor, me dijo: así como estamos ahora, usted me debería decir un poema. Dicho y hecho. Al siguiente día tomé mi poemario y me di a la tarea de seleccionar muchas piezas para complacerla y lo dejé a la mano en la mesa de noche. Horas después, le dejé ir el primero. Estábamos en el punto más álgido, detuve los empujes, jalé el libro, pasé un par de hojas y ya. Libro en mano reinicié los empujes, pero esta vez pausadamente, y fui leyendo con voz agitada. Hubieras visto los ojos de ella. Me miraba celebrando el acontecimiento sin decir palabra. No era necesario. Tenía toda la sorpresa alegre pintada en su rostro. La sonrisa jugueteó. Terminé el poema y aceleré. Fue una fiesta el final.

Y, a propósito, me he recordado esta vez de lo que mi madre me decía, porque hace poco un amigo me dirigió, con velada intención, estas socarronas palabras: "¡puta, vos, Helsi, qué flaco te estás poniendo!"

Debo agregar, para rematar esta historia, una anécdota «flaca» que no puedo dejar pasar por alto… A mí se me ocurren unas cosas de las que yo mismo me rio después como un loco. Es otro caso lujurioso y gracioso que me sucedió en los inicios de la relación con la Noruega actual, precisamente. Con ella empezamos a ser pareja sin que yo me le declarara abiertamente. Eso porque éramos vecinos y muy buenos amigos. Así, un día terminamos abrazados y besándonos, sin más. Y luego de otros días, teniendo agarrones sexuales. Pero tiempo después (aquí viene el punto culmen), pese a nuestro amorío ya avanzado y los infaltables encuentros sexuales, Noruega, aparentemente en broma, comenzó a advertirme que yo todavía no le había pedido que fuera mi novia. Entonces, se me ocurrió una oportuna, espontánea y genial idea. Estábamos en la cama, mientras hacíamos el amor, detuve súbitamente las embestidas pélvicas y me quedé adentro duro y quieto, la vi fijamente a los ojos y con toda la alevosía y ventaja del caso lentamente le clavé la pregunta, "¿quieres ser mi novia?"

****

Otra vez me pasé de abusado. Con mentiras de hombre cazador y hambriento, llevé al apartamento a un bocadito delicioso. Ya dentro de mi habitación, la empujé a la cama y cayó acostada. Entonces empecé a aflojarme el pantalón y me dispuse a quitármelo. "¿Qué crees que estás haciendo?" me preguntó ella. A honrarte voy, le dije, y agregué: "eso dicen muchos, hasta algunas mujeres, (y bajándome el pantalón) que cuando el hombre las penetra las honra". "Pues escuchaste mal, sin duda". Me aseguró, "debió ser deshonrarlas". Se bajó de la cama y se puso de pie. "Componé tu pantalón que aquí no habrá sexo", afirmó viéndome de frente. Tuve que hacer lo que me indicó. Provocar a una mujer indispuesta o molesta puede llevar a despertar a una fiera capaz de destrozarle los huevos a uno en cuestión de minutos. Buen consejo es contenerse a tiempo.

****

A este detalle le llamo **Roja rosa.** Fue otra de esas peripecias que siempre que regresa a mi mente me hace reír y saborear la ocasión.

—Saben, quiero decirles que cuando tengo erecciones son muuuy duraderas. Ah, pero no se espanten, por favor, no pretendo ofenderlas, ni abusar de ustedes, soy bastante respetuoso. Solo a veces me salgo de control, pero es de manera involuntaria. Bueno, eso quería decirles. Solo eso.

Era una mañana clara, de clima templado. Al ver a la chica en el parque sentí el impulso, el puro instinto animal, de aproximarme y decirle esas palabras procaces, sin meditarlas. Aunque las dije en plural, eran para ella, sí, la miré a ella cuando las pronuncié. Esa chica y sus dos amigas me escucharon y se miraron entre sí, sorprendidas, cómo no. En seguida sonrieron.

—Hola, soy Helsinki. Me gustaría poder hablarte a ti algún día. ¿Me das tu número de teléfono? Si me lo das te llamo ahora mismo, así te queda registrado el mío. No soy ningún maleante, o un fugitivo de la prisión, lo aseguro. ¡Tampoco algún acosador!

—Está bien. Anótalo.

—¿Qué nombre pongo?

—Lluvia.

—Bien. Bonito nombre. Ahí lo tienes ya. Bueno, nos vemos pronto.

Qué mujer tan atractiva era, de tez blanca. Un lirio. Delicada, sobria. Su vestido blanco también con algunas florecillas rosa tierno. Rubia. Esbelta. Única.

Qué suerte, al día siguiente la volví a ver, siempre en el parque, a la misma hora. El clima era igual. Caminaba sola. Me moví rápido, salvé algunos arriates y le salí al paso. Se detuvo amablemente.

—Hola.

—Hola.

—Disculpa lo hirsuto que fui ayer, rudo, tosco, agreste, falta de modales. Qué falta de respeto hacia ustedes. Quizá no era yo un ser humano ayer.

—No te preocupes. Un poco atrevido, sí, pero fue divertido.

—¿De verdad? Sé que fui un incivilizado, un grosero.

—Está bien.

—Qué comprensiva tú, gracias. Eh, soy Helsinki.

—Sí, nos lo dijiste ayer. Yo soy Lluvia.

—Sí, claro, lo recuerdo. Ah, te puedo invitar a un helado. Aquí cerca. Es mi manera de pedirte perdón.

—De acuerdo. Y que sea de chocolate.

—*Ok.*

En la heladería nos entretuvimos un largo rato, lamiendo nuestros conos de chocolate y conversando amenamente sobre diversidad de temas. Yo estaba completamente cautivado por su forma de ser. En el mundo éramos únicamente Lluvia y yo.

—¿Te gusta la música de los Beatles?

—Sí, he escuchado algunas canciones de ellos. Son bonitas.

—Me gusta la pieza «*Norwegian Wood*». Y de Carla Morrison, ¿te gusta alguna?

—Ah, por supuesto. Me encanta «Eres tú».

—¡Coincidimos! Esa es mi favorita. Quisiera dedicártela en esta nuestra primera cita.

—¡Trípoli! no sabía que esta fuera una cita.

—Je, je, je.

Cuando estoy a un lado de ti
Todo lo bueno de mí, florece, eres tú
Ese imán de una preciosa energía
Es tu alma que envía señales a mi cuerpo.

—Linda.

—Sí, linda…   ¿Quieres acompañarme a mi apartamento?

—¿Y qué podrá tener de bueno tu apartamento para que yo te acompañe?

—Pues… está en un segundo nivel, encerrado entre cuatro paredes, tiene una puerta y una ventana con vistas a una calle arbolada.

—Oh, súper interesante. ¡Es toda una novedad! Eres muy gracioso. De acuerdo.

—¿Sí? ¿Quieres ir…? Ah, perdón, qué torpe soy. Muy bien, vamos. Vivo por esta calle, muy cerca.

Tú vas conmigo con mucha confianza. ¿Y qué tal si yo fuera un violador, o algo así, un tipo peligroso? No me conoces lo suficiente.

—No lo eres. Te investigué en *Facebook* y en *Google*. Eres famoso.

—Mmm…

Ahora vamos a entrar. ¿No tienes miedo de que ahí adentro me pueda convertir en un vampiro, en Drácula, o en hombre lobo?

—Me encantaría que así fuera.

—Je, je, je. ¿Te puedo robar un beso?

—Ah, eres ladrón.

—Sí.

—Un dulce ladrón.

—Oh, cuántos libros.   Con estas libreras sí que me hechizas… y me conquistas.

—Qué bien.

—Guau, magníficos títulos. Siento que te voy a visitar muchas veces.

—Ojalá así sea.

—¿Te puedo abrazar?

—Hazlo, estoy distraída. ¡Ohhh! Qué buenos libros. Excelente, *Tokio blues,* de Haruki Murakami.   *Ampliación del campo de batalla,* de Michel Houellebecq.   *La muerte de Darling,* de Valeria Cerezo. Qué emocionante   *¡El decamerón!* de Bocaccio…

—¿Te puedo tocar los pechos?

—Sí. De hecho, creí que lo harías, por eso no me puse sostén. Qué aprovechado eres, verdad. Ves que estoy indefensa, alucinada por estas joyas literarias.

—¿Te gusta *El decamerón?*

—Oh, sí, es una delicia…   ¡Oooh!

—Puedo prestarte cualquier libro que quieras, y cuando quieras.

—¿De verdad? Ah, qué fino eres.

—Sí, con mucho gusto.

—Sería una forma de comprar mi cuerpo, supongo.

—No. Los libros no son para comprar, solo se dan, se entregan, y ya. Es su naturaleza de ser.

—Vamos acá, ahora. Quiero conocer tu cama.   Todo bien ordenado ¿Me quito la ropa?

—No.

—¿No?

—No.

—Ah, yo pensé que…

—Estás pensando demasiado.

—¿No debería de pensar?

—No.

—*Ok.*   Mmm…   Pero sí tienes erección.

—Claro.

—Mmm, ahora entiendo.

—No deberías de entender.

—¿No?

—No, Mmm   Sabes…   yo-no-te-be-so.

—¿Y qué haces entonces?

—Te saboreo.

—Qué cálida tu voz.   ¡Ahh! Tú ahora ya no me preguntas si puedes...

—¿Debería?

****

A veces me da por alardear, como nos pasa naturalmente a los hombres. Sin embargo, repito, no siempre me fue bien con las mujeres, ni siquiera en los casos en que mi pretensión no era enamorarlas. Quizá pasa que algunas sencillamente están a la defensiva. Es probable. Es el caso siguiente. Fue una mañana de invierno y ocurrió dentro de mi colonia, se acercaba el mediodía. La tormenta recién había amainado, quedaba una llovizna que no daba tregua, pero era inspiradora. Frente a mí pasó una dama con un paraguas amarillo. Se me iluminaron los ojos. Pensé en el promocional que quería hacer para el canal de videos *Letras en Directo* en el que yo entrevistaba a poetas y escritores. Tenía la idea de aparecer en cámara con un paraguas de ese color, mismo que ya había buscado infructuosamente en muchos comercios.

Se me ocurrió que podría buscar a la dama y decirle si me lo alquilaba. Ala, pero qué pena hacerle esa propuesta a una mujer. Bueno, el clavo no era que fuera mujer, el clavo era que no la conocía, nunca la vi antes. Era como de unos 35 años. Calzaba unos botines cafés. Cabello largo castaño. La miré alejarse hasta perderse de vista, dobló en la esquina de los comerciales de mi colonia.

Dubitativo y por curiosidad fui a ver dónde estaba. Al desembocar en el área no la vi en la fila de negocios. Anduve un poco más hasta que observé que asomaba la punta amarilla del paraguas cerrado adosado a la puerta de una venta de comida rápida. Ella parecía estar sentada. Entonces di la vuelta y me fui a caminar pensando en si me atrevía a proponerle el negocio o no. Caminé unos ciento cincuenta metros y tomé la decisión, le diría.

Me encaminé a donde estaba. A decir verdad, un leve viento o algún ínfimo ruido extraño pudo hacerme desistir. (Voy a perder la vergüenza, me repetía a mí mismo). Pues llegué. Una mujer seria, sentada a la espera de la, supongo, orden de comida solicitada me vio de frente. Era ella. Atractiva y elegante. Saludé, "buenas tardes". No estoy seguro si me contestó. Le expliqué mi plan y la causa lo más breve que pude y que si me alquilaba el paraguas para más tarde o cuando ella quisiera. La encargada del negocio que preparada la orden tenía las orejas paradas atendiendo mi propuesta. Y la dama del paraguas amarillo, por fin, dejó venir de su boca, en seco, la respuesta: "no fíjese, no es mío". "Ah, bueno, muchas gracias. Feliz tarde". Y me retiré con la cola entre las piernas. "¡Vaya!", dije mientras me alejaba, no funcionó mi encanto. ¿Cuál? Ja, ja, ja.

PARTE 0.2

En *Off*

Este mundo es una mierda. Por suerte yo no pertenezco más a él. Viví hasta donde pude, hasta donde aguanté. Si vivir es un suplicio, entonces para qué seguir, me dije, y me di un plomazo.

****

Mi nombre es Tilde Cobid López, algunos me dicen Mecha Corta. ¿Por qué Mecha Corta? Je, je. Es fácil deducirlo, ¿no?, ¿y quién me puso ese mote? Nada menos que una linda mujer. Fue… No digo el nombre. Ella lo sabe, y con eso basta. Claro, esa chica me lo decía con cariño: Mechita Corta. ¿Qué te pasa, Mechita Corta? Me decía con su dulce voz en esos momentos encendidos que tenía, y me abrazaba amorosamente. Ay, esa linda mujer. Has de adivinar quién es.

****

Había un **loro** en la vecindad que aprendió esa canción que dice «La cucaracha, la cucaracha, ya no puede caminar…». Bueno, solo el estribillo se sabía, pero se la pasaba cantando todos los días. Salía yo del apartamento y oía al loro «La cucaracha, la cucaracha, ya no puede caminar…», me tenía a verga. Pensaba que el loro pisado se burlaba de mí. Él contento y yo atribulado. Como si sabía que me sentía como **cucaracha**, un ser indeseable, despreciable, devenido en Kafka. Ese animal… ¡bruto! Ave de mal presentimiento. La ironía de la vida.

****

Me suicidé. Tenía que acabar con mi vida. No sé qué hicieron con mi inservible cuerpo después del tiro, ni me interesa. Supongo que me velaron y lloraron, de acuerdo con la práctica. Me han de haber reparado un poco la cabeza para exhibirme dentro del ataúd. Seguro. No creo que me hayan cremado, yo dije muchas veces donde debían enterrarme y que fuera en una caja barata de unos cuatrocientos quetzales: allá en mi pueblo no se compran los terrenos, todos tenemos dónde caer muertos. Ese es tema que no nos preocupa.

Al fin descanso en paz. Pasé a la nada. ¿Qué pensarán ahora de mí?, ¿qué dirán de Tilde Cobid? O los demás, quizás, también descansan de mí. Aunque nunca fui una carga, de eso me cuidé, y por eso más bien tomé la decisión. Realmente estaba agobiado por tanta pena, me la pasé angustiado muchos de mis últimos años. ¡Oh! Todavía veo mi desgracia asoleándose en la calle cual turista desnudo recostado en la playa con sus lentes oscuros frente al mar. En la calle. En ocasiones pensaba por qué los demás no me ayudaban, como si mi frustración fuera su responsabilidad. La verdad es que en la vida cada quien mira por su nariz, ¡sálvese quien pueda! es la máxima.

¡Ay! pude ver cómo todos se disputan los puestos de trabajo, se traicionan, se venden; unos pasan sobre otros con tal de conseguir lo que desean, no importa si el otro es su amigo o un pariente. La ambición por el poder los lleva hasta a vender su alma al diablo, si es preciso. Y la religión y la política… grandes negocios, asuntos incendiarios de los que es mejor no hablar para evitar guerras.

En ciertas épocas, cortas eso sí, viví, debo reconocerlo, sin tanto sobresalto. Tuve satisfacciones y alegrías, logros personales. Pero, entre tanta adversidad que nos retuerce el cuello emerge el desempleo que nos alcanza a muchos, o los bajos salarios que es otro lastre que está al acecho; ambos son como enfermedades que atacan y nadie da el remedio. Y hay avorazados por todos lados. Mis años de desesperación se prolongaron, ahogándome con la precaria situación económica, y eso a la larga hizo mella, hasta considerar que para mí ya no tenía sentido la vida, el puro existencialismo apretaba el torniquete en mi garganta. El problema básico era, entonces, ese enfrentamiento permanente con el futuro del que nunca esperé nada. Nada, más que sueños, espuma que al primer soplo se desvanece.

****

Mi apartamento estaba en un segundo nivel, a él se tenía acceso desde la planta baja a través de unos escalones de metal con pasamano pintados de negro. A una pareja de **gatos** en celo se le dio por llegar repetidas veces a altas horas de la noche a negociar, con una maldita insistencia lastimera, tener una su escandalosa relación sexual debajo de la pila, justamente a la par de la puerta de mi dormitorio. A altas horas de la noche, todo mundo sabe lo que eso significa. Aquella era una maulladera pisada, cargada de los gritos desgarradores que espantan, desgarradura que yo de inmediato relacionaba (imaginaba) como la consecuencia de la consabida penetración tal vez usando preservativo de lija. Si así son las vísperas (pensaba yo), cómo serán las fiestas... quizá peor que el escandaloso ruido de la sirena abierta de una ambulancia en la mayor emergencia. Esa era mi conclusión. De tal manera que, tras resistir un rato, me levantaba como la gran puta a tirarles palanganazos de agua para espantarlos. Brincaban velozmente y se dispersaban, cuan ágiles son, resbalando por las paredes hacia la calle y desaparecían en callejones oscuros.

Luego, ablandando el enfado, regresaba a mi cama confiando en que ya no volverían y que entenderían, de una vez por todas, que mi terracita ni mi pila eran motel para esas prácticas indecentes sin mi consentimiento, y menos, sin pagar por el uso de dicho territorio ni invitarme a la fiesta… je, je, je.

****

El chorro viejo de la pila siempre con el goteo teo teo teo. ¿Era, acaso, un recordatorio de la vida? A los vecinos parecía no molestarles en la noche, ni les importaba, seguro. A mí, Mechita Corta, sí, me despertaba algunas veces y hasta tuve que salir para silenciarlo. En una ocasión le colgué una corbata, en otras un pedazo de bambú cortado a la mitad, haciéndole forma de canaleta, para que se deslizara el agua y ya no rebotara ese eco argentino que golpeaba mi tímpano.

****

Difícil escapar de la gente, a donde iba había alguien odioso. A la propietaria de mi apartamento le había dado por cantar himnos religiosos, qué digo cantar, gritarlos, es lo correcto. Imagínate. Para ajuste de penas, en ocasiones llegaban los miembros de su iglesia y armaban un escándalo de Sodoma y Gomorra.

Ella vivía en la planta baja, justo debajo de mi cuchitril. Mira cómo funcionaba mi mente, la mente de Cobid. Pensaba que mientras ella oraba pidiendo estar bien, yo rogaba al demonio que mi apartamento le cayera encima algún día para que dejara de chingar. A ver quién podía más. ¿Qué te parece?

****

La idea del suicidio me rondó tantas veces. Aunque siempre supe que yo no tendría el valor. El apego a la vida y a las cosas materiales es muy fuerte. Me conmovía imaginar las escenas en que mis seres queridos, y supuestos amigos, llorarían por mí. Llegué al colmo de comenzar a escribir una historia, un cuento o una novela, en la que narraba en primera persona el suceso en el que yo, Tilde Cobid López, me había suicidado y que los mortales lamentaban y lloraban mi deceso. Lloraba yo mismo, por mí...

Conmigo se suicida la esperanza, el futuro no llegará. Confieso que pequé, que maté, aunque fue en defensa propia, y deseé a la mujer del prójimo. Nadé en los pensamientos más sucios, pero también cuando tendí la mano lo hice de corazón, sintiendo la satisfacción de ayudar. Cómo llenan esos gestos de desprendimiento.

Todo es vida, la vida está en cada acto, en el dolor, en las palabras suaves, los versos, en los manjares que tocan el paladar, una canción que emociona, la caricia dulce, navegar sobre un cadencioso y pintoresco lago; las flores, los amores... Robar una cartera, golpear a una persona con furia, violar, llorar inconsolablemente, scr obedecido mansamente, gobernar con lascivia sobre los intereses ajenos, ¡quemar los deseos de los desamparados!

He muerto. Ahora comprendo el significado de existir. Ahora yo no existo. Estoy fuera. Apagado. *Out.* Me he colocado, por así decirlo, del otro lado de la pantalla; pero donde todo se ha borrado, ¡todo se ha borrado...! incluso yo.

Es el vacío total.

****

Las personas somos como los meses.

Veamos esto. Los niños que nacen no empiezan a vivir, mentira, empiezan a morir. Mucho más en este país de mierda. El mes, toda vez comienza, va rumbo a terminarse. Cuando el primer día comienza a clarear, el mes se empieza a desmoronar. Cuando el primer día del año empieza a rodar, del año ya comenzamos a descontar. Es como decir que cada mes tiene treinta pétalos, otros treinta y uno, es mes-rosa, cae el primer pétalo y la flor desempieza, se pone a consumirse.

Si nací, estoy condenado a morir. No hay que llorar ni lamentarse, la muerte no tiene remedio. Así de lapidario.

La palabra empezar, entonces, lleva en sus entrañas la idea de terminar. La claridad del día viene preñada de sombras. Aquí de lo que se trata es de restar, no de sumar.

¿Es una mirada pesimista?, ¿es ver el vaso medio vacío? Quizás, pero es una verdad. Carlos Gardel cantó: «Que es un soplo la vida...».

****

Las aves negras nunca gozaron de mi predilección, pero se fueron metiendo en mi vida por asuntos del destino, supongo, Apolo lo ha de saber mejor. El caso es que un día me ocurrió un incidente lamentable con una de ellas. Resulta que esa vez un **zanate** descendió planeando de un alto, frondoso y antañón amate que estaba en la rotonda de mi colonia. En su vuelo desde la copa del árbol trazó una perfecta línea diagonal de 33.12 metros con un ángulo de elevación de 28.89 grados y aterrizó en la calle a la orilla de un charco de agua clara. Yo contemplé su acrobacia sentado en el andén a tres metros de donde cayó. De inmediato el zanate se dispuso a beber agua. Las ondas que produjo al meter su pico le dieron rápida movilidad a la superficie del charco y arrugó la tela del cielo azul copiado sobre él. Yo me entregué a la inmovilidad para no espantar al pajarraco y pude apreciarlo con cierta admiración: hundía su pico, cogía agua, levantaba el pico, tragaba, me lanzaba una mirada nerviosa y repetía la acción de beber agua. Su plumaje negro total, que en su nuca se profundizaba y moría en un aparente azul intenso, brillaba a la luz del tierno sol que estrenaba el mes de octubre.

A continuación, procedió a bañarse. De nuevo repitió el acto de meter el pico en la poza de agua, levantaba la cabeza y el líquido refrescante resbalaba por su cuerpo, luego se sacudía. Yo pasmado, lo observaba. Él, después de cada baño pausaba y volvía a sembrarme su mirada.

"Hola, amiga", le dije, suponiendo que fuera hembra. Volteó el pico a la derecha y aproximó el oído en un intento por atrapar mis palabras. (No sé por qué, pero mis oídos esperaron el sonido de su respuesta). "Hola, amiga", le reiteré el saludo. En ese instante un muchacho que venía en bicicleta sobre la calle se acercó veloz y lo espantó. Voló y se posó sobre la rama alta de una de las jacarandas que adornan el camellón central del bulevar. La rama se quedó meciendo y meciéndolo. Quién sabe las razones que lo mueven a uno, pero ocurrió que me sentí impelido por alguna fuerza extraña y me levanté y fui a pararme debajo de ese árbol para continuar observando al zanate. Quedé en línea directa y a plomo debajo de la rama y del punto en que él estaba. Me mantuve un largo rato viendo hacia arriba hasta con la boca abierta. Por un momento me distraje porque pasaba una bella dama sobre la acera y se me hizo como una obligación regalarle una mirada. ¡Craso error! En el instante en que desprendía mi vista del trasero de aquella hermosa mujer y la dirigía de vuelta hacia arriba, otro trasero alcanzó mi campo visual y detecté una bala de caca con consistencia blanda que surcaba los aires disparada, sin duda, por aquel hoyito que tras activar el percutor ya se cerraba. El blanco era mi rostro, o mi boca, más probablemente. El francotirador alado-negro estaba agachado con sus ojos clavados en mí, seguramente había aguzado la vista para no fallar el tiro. Lo vi claro, el impacto era inminente, pues por la velocidad de la bala-mierda (¿Lava la mierda?) y la cercanía en que la descubrí advertí que no había escapatoria.

(el proyectil en el aire)

¿Yo, la víctima, sería el objetivo premeditado del zanate? ¿Qué fuerzas obscuras conspirarían para provocarme el atentado? Interrogantes difíciles de contestar. Además, ya no importaban las respuestas, la bala apuntada estaba en camino, la senda despejada, imposible fallar pues el blanco también se había descuidado: mi boca, mi cara. Mi boca... ¡Mi boca!

(el proyectil bajó veloz)

Por un levísimo giro violento que permite la accióndel reflejo y el miedo a ser herido logré desviar el golpe por apenas dos centímetros. *¡Splash!* sentí lo caliente del proyectil deslizarse por mi mejilla. Permanecí quieto, saboreando la derrota, como haciendo mía la victoria del ave negra. El hecho se había consumado. El pájaro voló. Como bala voló.

****

La noche que me quité la vida... no cesaba de llover, la monotonía del agua cayendo se había prolongado desde hacía varios días enteros, su sonido era como la estática de una radio o una televisión sin señal o fuera del aire. Invierno triste. Noches frías. Enteramente frías. Los pies fríos. El pensamiento negro se fue profundizando

    El pensamiento negro se fue profundizando se movió por toda la habitación
   La habitación se movió
El pensamiento negro botó rabia en todos los rincones
    golpeó las paredes golpeó golpe ó
hirió los silencios… el silencio más mudo creció
     e s p a n t o s a m e n t e
  sabía dónde estaba el arma
   abrió la gaveta y la extrajo ¡fría quemante!
Puso l e n t a m e n t e mi dedo tembloroso en el gatillo
 lo dirigió fríamente a mi sien y apretó

Dejé una nota negra con pocas frases explicando por qué me suicidé. Acá, en el vacío, extraño muchas cosas, sí, y entre todas hay algo que… de verdad me hace mucha falta... es el *Facebook.*

****

Aquí viene este trecho de mi existencia al que le he dado el nombre de **Mala suerte.**

En los últimos tiempos mi interés por los **libros** se desató, fue obsesiva y angustiante mi relación con las obras literarias. Angustiante porque veía la enorme producción mundial y la cantidad de autores consagrados parecía infinita. Y seguía sumando, imparable. ¿Cuándo voy a leer tanto? ¿Cuándo estaré actualizado a la par de tantos lectores para comentar con propiedad?

Así me cuestionaba. Mis amigos me regalaban obras porque yo les decía que no tenía presupuesto para libros, apenas me alcanzaba para comer y para cubrir mis necesidades básicas. Qué alegría experimentaba cada vez que insertaba una nueva publicación en mis libreras, una tras otra, una tras otra.

A la par de la llegaba de tanto ejemplar, se fue soltando otra situación que me preocupaba. Es cierto, la lectura de algunos títulos me entusiasmaba, pero la de otros no me satisfacía del todo. Esa insatisfacción se fue apoderando de mí, en vista de que, tras la lectura de una magnífica narración o poemario, me quedaba con la esperanza de encontrar en las siguientes algo que las superara. Y en lugar de eso, de pronto caía en una auténtica ciénaga que me ponía para balazos. El círculo vicioso no paraba, giraba, giraba y giraba. Sin embargo, nunca me rendí, alentado por la idea de que tal vez estuviera a punto de cruzar la meta en el instante que desistiera.

Pero, bueno, esa acumulación de obra tras obra me llevó al pensamiento extremo de temer que en cualquier momento los libros me fueran a desalojar del apartamento. Absurda idea, ¿no? Sííí, pero así fue.

Ocurrió de esta manera: la suma de libros se fue volviendo tan imparable que al fin se llenaron las libreras. A partir de entonces fui poniéndolos en el piso. Pero cuando todos los espacios del apartamento se fueron llenando, saqué mi cama, se la regalé a una persona, y comencé a dormir sobre ellos. Al levantarme, cosa muy particular, me bajaba de mi cama de páginas directamente hacia el patio de la terraza. Hasta que llegó el momento en que fui consciente de que estaba a punto de ahogarme, pues me estaban llegando los libros al cuello. Una página más y moriría, sin remedio. Imaginé el R.I.P. Tilde Cobid López.

Una mañana, la tragedia. Aún dormía, la puerta se abrió súbitamente y la correntada de libros salió del apartamento como ola gigantesca de un mar embravecido y me arrastró con violencia por el piso de la terraza y me volcó del segundo nivel a la calle. Encima me cayó, como una enorme lengua impulsada con fuerza desde la boca de mi apartamento, la cascada de obras literarias. Caí sobre la grama que había a la par de la pared, de suerte, porque si me hubiera estrellado directamente en el pavimento, posiblemente no hubiera contado el cuento.

Quedé casi muerto, golpeado, aturdido, perplejo, empapado de textos. Me quedé en la calle, figurada y literalmente.

Esa es una de las mil y una maneras de morir de la que me salvé por un verso o por una oración; sin embargo, una manera deseable para mí. La muerte, como se ve, siempre me andaba rondando.

Cada vida es un rollo y nunca complace.

****

Por supuesto que, tras recuperarme del referido percance de los libros ¡ay, Mecha Corta! volví iracundo. Pero al enfrentar a mis victimarios y verlos ahora mansos e indefensos me contuve y reflexioné. Llegué a la conclusión de que ese caso fue una ficción extraída de alguno de los libros y que, seguramente, todos los volúmenes en masa quisieron escenificar, o jugar conmigo, no sé, algo así. Sin embargo, qué mala jugada, no te parece.

Pues, bueno, hicimos las paces y santos en paz. Alquilé la otra pieza que estaba a la par de mi apartamento, la cual era mucho más grande, y mudé a este nuevo lugar a todos los libros. Resuelto el problema. Lo único que no tuvo solución fue mi atroz vida, vida más desgraciada, insoportable. O sí, como digo, la forma de corregir el mal fue el tiro directo a la sien. Cien veces acertada la decisión.

****

A esta parte de mi historia la titulo **Gregorio Kafka.**

¡Espantoso! Una noche un animal grande y pesado con un montón de patas puntiagudas caminó sobre mis piernas mientras yo dormía. De un salto salí de la cama y encendí la luz arrebatadamente. (Me quedé congelado) ¡Madre mía! ¡Qué horror! No lo podía creer. ¡Imposible! Irreal. ¿De qué libro pudo salir? ¿De qué película?

Sobre mi cama estaba… ¡un cangrejo! ¡un cangrejo negro, negro! ¡Puta! Sin desprenderle la vista, a tientas tomé mi teléfono y vi rápido la hora: era la una y cincuenta de la madrugada. Un cangrejo grande sobre mi almohada. ¡La muerte! No lo puedo creer. Cómo es posible. Un cangrejo negro del tamaño de… un cangrejo. Un cangrejo *zombi*… En plena área urbana, no hay lagos ni ríos, mínimo, unos veinticinco kilómetros a la redonda.

Sobre mi cama se desplazaba hacia los lados con sus ocho patotas recorriéndola como caminan los **cangrejos.**

¡Cómo putas entender eso! Un… ¡Y a estas horas de la noche! Mi primer impulso fue sacarlo de mi apartamento, mi cabeza llena de interrogantes, buscando una explicación razonable. Pero eso no tenía explicación, quedaba fuera de toda sensatez. Algo razonable… ¡Cómo algo razonable! Agarré el trapeador, le quité el trapo y le puse el palo al cangrejo, se montó y lo llevé afuera, a la terraza, lo puse en el piso, regresé adentro y cerré la puerta.

¡Puta, un cangrejo…! Caminé hacia mi habitación ya aliviado. Para entrar alargué la mano, dispuesto a correr la cortina de mimbre que hace de puerta. Ah, por fin volvería a la cama a dormir. ¿Cómo era posible? Nadie lo creería si se lo contaba. Pues corrí la cortina y entré ya más tranquilo directo a la cama. ¡Horror! ¡El cangrejo estaba de nuevo sobre mi cama! ¡Quééé putas! Otra vez me quedé congelado, estático, inmóvil. Se movía de un lado a otro con sus tenazonas levantadas, como hacen los cangrejos.

¿Estaré soñando? «¿Sueñas, Cobid?». Me apreté los ojos con las manos. No, no estaba soñando. Por dios que no. ¡Allí estaba el cangrejo sobre mi cama con toda su forma de araña, como una tarántula, con toda su forma de cangrejo! Vivo, como mofándose de mí. Caminaba, como digo, moviéndose lateralmente, como hacen los cangrejos, y mirándome, siempre mirándome eh, eh, bailando. Serio, el hijo de puta. Serio, no se ríe. O esa es su manera de reír, estando serio. Así se ríe de mí. Cangrejo agelasta. Caminaba, me daba la impresión de que se movía en un *ring* con sus guantes puestos retándome a pelear.

Ya sé. Este cerote se metió por la ventana que mantengo abierta. Tomé el palo del trapeador de nuevo, lo hice subir en él y lo llevé afuera otra vez. Ahora lo tiré hacia abajo ala calle desde el segundo piso donde residía. Entré a la sala, cerré la puerta y cerré la ventana. Y me detuve a pensar. A pensar si iba a encontrar de nuevo al cangrejo sobre la cama. No, cómo iba a ser eso posible. Traté de relajarme y caminé a mi habitación. Comencé a correr la cortina de mimbre con cautela, confiado, con cautela, confiado, tranquilo, con temor, tranquilo… No podía suceder…

Pues no, no estaba. Qué alivio. Me relajé. De pronto vi que subió a la cama. ¡Hijueputa! ¡No es posible! ¡Kafka en San Miguel Petapa, Guatemala! ¿Qué pasa? Piensa, pieeensa, Tilde Cobid, piensaaa.

Cómo pensar. ¿O me estoy volviendo loco? No es posible. Ni estoy soñando. Pensé, razoné. Sí, razoné, no estaba loco ni soñando. Más seguro que un loro. Sí, ¿qué me estaba sucediendo? El loro de la vecindad se burlaba de mí, los gatos vienen a hacer el amor aquí por la pila y arman un escándalo pisado, un zanate que me caga, y ahora ¡un cangrejo sobre mi cama! Como decir un hombre en el baño de mujeres. Peor que eso. Algo de mayor escándalo. En plena madrugada. Puta, qué espanto. Solo faltaba que el animal este me hablara, solo eso faltaba. Solo eso faltaba… que me hablara.

Agarré una caja de cartón y la pegué a la cama, esperando que entendiera y se metiera en ella. Entendió el animal, se metió en la caja. Vaya, esto es, y movía mi cabeza dubitativamente, fuera de serie, fuera de este mundo, totalmente anormal. Paranormal.

Me recosté viendo hacia la caja, pensando o temiendo si no volvería a la cama el degenerado monstruo. Estuve un rato despierto hasta que me dormí. Al amanecer, al fin había llegado el día, el esperado día, como dice una parte de la novela Drácula «Nadie sabe lo dulce y querida que puede ser la mañana para los ojos y el corazón, hasta que soporta los tormentos de la noche». Nada más cierto. Ladeé mi cabeza y vi la caja. Todo quieto. Me levanté y fui a ver. Ahí estaba el bendito artrópodo. Suspiré.

¿Debería contarle a alguien? ¿Me creerían? Y el animal vivía fuera del agua. Otra cosa asombrosa. ¿Necesitaría el agua? ¡Qué tipo de mascota me había agenciado! ¿Caminaría conmigo por la calle, siguiéndome? ¿Le pondría una correa para llevarlo a pasear? Movía sus ojos saltones como mueven los ojos los cangrejos, y las celdas del pecho, esas tapas, esas planchas que me parecieron cuadritos… los cuadros de su abdomen bien trabajado, un *fit* perfecto je, je.

Fui a visitar a mi amigo Bracamonte y le conté a quemarropa el asunto. Luego se fue conmigo para verlo con sus propios ojos. Entramos al apartamento y… el crustáceo no estaba. Lo busqué por todos lados. Miré bajo la cama, entre las cajas, muebles... Y nada. Me sentí abochornado. Bracamonte no decía nada, solo me miraba, lo cual me incomodó en exceso. ¡Vos, pero aquí estaba, te lo juro! Aquel solo me miraba y no decía ni una sola palabra. ¡Pensás que estoy loco, verdad! Eso pensás ¡Aquí lo-de-jé!

De seguro no me creyó Bracamonte. Más tarde, cuando volví al apartamento, ahí estaba bajo la cortina, a la entrada del dormitorio. ¿Qué putas, por qué no estabas cuando vine con mi amigo? Movió sus feos ojos y las planchas del pecho. Qué animal.

¿Qué comerá este pisado? Le di migas de pan. Comió. Y le di agua. Más tarde le lancé un pedacito de cebolla. Se lo comió. Un pedazo de carne de pollo… se lo comió. Le puse un charquito de licor en un trastecito… se lo bebió. Por curiosidad, y por travesura, fui a comprar un Tortrix, que son trozos de tortilla tostada, y comió. Bárbaro, estaba hecho, come de todo, no tendré problema.

Al llegar la otra noche, un nuevo suceso insólito. ¡Qué película escenificaba yo en la vida real! En cierto momento abrí la puerta que da a la terraza y me encontré con un gato que estaba en posición como de estar espiando, o tratando de escuchar nuestros ruidos… Vaya, nuestros ruidos, digo, ya el cangrejo es de la familia ja, ja, ja ¡Zape! El gato se fue corriendo. Entré y cerré la puerta. Al poco rato escuché ruido como uñas que rasgaban la puerta de metal. ¡No es posible! Abrí la puerta y ahí había dos gatos con la cabeza levantaba mirándome con desparpajo. Los vi detenidamente. Echemos un serio, muchá. Tilde López versus Gatos. Los vi directo a los ojos. Me vencieron. Cerré la puerta sin darle mayor importancia al asunto. Gatos husmeando porque yo tenía una mascota fuera de serie en mi apartamento. Eso era todo.

Qué raro. ¿Será mal presagio? ¿Estaré maldito? Como si algo malo me persiguiera. En esta colonia hay un loro que se burla de mí, la canción de la cucaracha, los gatos vienen a hacer el amor a la pila y chingan con sus quejidos y maulladera insoportable, el zanate aquel que me cagó y ahora este cangrejo… Este cangrejo… ¡Cangrejo! Qué nombre, qué palabreja. Palabreja, cangrejo, palangrejo, mi mascota… Escuché una maulladera afuera formada por muchos maullidos. Arrugué el entrecejo. Me puse de pie. Me detuve. El entrecejo arrugado. Maullaban. Eran muchos maullidos. Caminé. Abrí la puerta despacio. ¡Como cuarenta gatos había frente a mi puerta! ¡Santas sorpresas, Batman! Digo, Catman. Esto se estaba saliendo de control.

Esto estaba llegando demasiado lejos. Ya mucha chingadera de lo fenomenal. Aquí hay gato encerrado...

¡Zape! ¡Zape! ¡Zape! Movía mis brazos como asustando gallinas andando hacia ellos. Se alejaban la distancia que yo me les acercaba, y al volverme regresaban lo mismo que yo desandaba. ¡Me lleva la gran puta! Y detrás de ellos seguían llegando otros gatos. Gateando. Luego más gatos. Más gatos, más y más y más.

Tenía frente a mí una multitud impresionante de gatos. No miento. No eran ciento uno, ni doscientos. Estaban allí, frente a mí, todos los gatos de la colonia, que es una colonia enorme. Todos. Permanecí largo rato observando aquella nube de gatos de todos los colores y formas. Grandes, chicos, cojos, tuertos, lindos, feos, peludos, pelones, amarillos, verdes, rojos, azules, negros... Solo falta que aparezca la Gatúbela. Solo falta que... Puse cruzado mi dedo índice en la boca. Se me ocurrió una idea. Entré, descolgué la guitarra de la pared, saqué una silla, me senté frente a aquella audiencia gatal inmensa y comencé a cantar:

El gato que está en la oscuridad
sabe que mi alma... Las rosas decían que eras mía
y un gato me hacía compañía... (pijazo de gatos).

Después canté «El año del gato». En seguida:

Seré la gata bajo la lluvia
y maullaré por ti.

Al final, me puse de pie, me acerqué disimuladamente a la pila, tomé la palangana con frialdad y cautela, la llené de agua y... ¡Váyanse a la mierda hijos de puta! Lancé palanganadas de agua a diestra y siniestra. En segundos no había ni un solo pelo de gato en kilómetros a la redonda. El cangrejo se asomó a la puerta a verme con la mayor tranquilidad del mundo, saludaba con sus antenas.

A como marchaban las cosas creí que al final iba a terminar aceptando y acostumbrándome al esperpento referido. Que viviríamos felices cangrejo y yo el tiempo que dura un cangrejo. Pues no. Jodía como no tienes idea. Muchas veces, mientras yo dormía, se subía a la cama y me pasaba encima. Te imaginas ese bulto pesado caminando con su montón de patas sobre ti, haciendo sonar sus tenazas como castañuelas y temiendo que te llegara a la cara o se metiera entre las sábanas. O besándote. Imagínate que una noche abres los ojos y tienes frente a ellos, tus ojos, a esa cosota pegada a tus labios en una representación en la vida real de esa historia de la *Bella Durmiente*, solo que en este caso no es un príncipe azul el que te besa con sus dulces labios para despertarte, sino ¡un repugnante cangrejo negro!

Horrible. Así que tomé una determinación. Un día, con el propósito también de limpiarme de cualquier asomo de locura, y para impedir que el cangrejo me siguiera a donde fuera, compré gasolina, le prendí fuego al apartamento con todas mis cosas y escapé.

Adióóós Cangreee.

****

(Tengo un cangrejo viejo palabreja vieja palabrejador que se quiere desempalabrejar, incluso, desempalangrejar. Busquemos un desencangrejador para que lo desencangreje, pero que no lo desempalabreje, que no sea un viejo palangrejadorazo, desencangrejador y desempalabrejador.)

****

(Final final)

Ahora que he revisado el inventario de mi vida, observado esas escenas de mi película real, recapacito y lamento haberme matado. Vuelvo a valorar la vida, la redescubro interesante. Ahora desearía que todo esto solo hubiese sido una pesadilla y que de ese sueño emergiera yo aconteciéndome esos mismos hechos, pero a la inversa, deshistoriándome: Que estén retirando los blocks y ladrillos de mi panteón extraigan el féretro conmigo dentro lo regresen a la noche del velorio me desvelen y deslloren, desarreglen el lugar me saquen de la caja me devuelvan a la ambulancia que se apague la sirena retorne a mi apartamento el tiro salga de mi sien la pistola regresa a la gaveta mis pensamientos son blancos yo salgo a la terraza y escucho, sonriendo, al loro que canta *La cucaracha, la cucaracha...*

PARTE 0.777

Vivo al filo del peligro...

El clímax
–el hombre de los miedos–

El subconsciente lo sabe todo, solo que no es consciente de ello.

Tengo el mal hábito de estropearlo todo. Apenas empiezo algo bueno y ya estoy pensando en su final, sufro con la certeza de que se va a terminar. No hay manera de que lo goce. Manía más atroz.

Hoy, por ejemplo, es treinta y uno de diciembre, es un día simple, ni siquiera pertenece a la semana. Está suelto. Quizá sea un día robado o prestado. Un día cuántico. O tal vez sea un no día... Ficticio. Alguien le puso nombre: martes. Martes, bah. A mí no me dice nada. Pertenece a un mes al que también le dieron nombre: Diciembre. Y treinta y uno la fecha. ¡Tiene hasta fecha! Qué falta de seriedad. Fue alguien desocupado, sin duda, el que se ocupó de tales insensateces. Bueno, es otra vuelta de sol, nada más. Que los demás digan y nombren las cosas como les venga en gana. Yo doy un paso al costado. El martes sirve para inflar un globo. Es globo. Explota el globo y queda en el aire, se hace aire, no se ve. Luego llega el miércoles uno. La misma cosa. Y así sucesivamente.

He salido a la terraza y veo pájaros sobre los cables del tendido eléctrico y tenis viejos colgando. El sol se revuelca en el pavimento. Una vieja enjugándose los ojos camina arrastrando la haraganería en los zapatos flojos, pasa la calle y luego voltea a ver si venía carro. Qué torpe. Los vehículos pasan decididos, mientras las bicicletas casi inexistentes, miran dubitativas el reflejo de la muerte en cuatro ruedas.

Veo a un perro alejarse derrotado después de largos intentos por montar a una linda perra peluda color champagne. Se ha cumplido lo que he sostenido siempre: si la perra se sienta, ya no podrá hacer nada el perro caliente.

Va una mujer elegante por la acera, es atractiva. Pero… hay algo raro en ella… tiene una nalga ligeramente más alta que la otra. Mmm qué extraño. Al andar el culo hace muecas ¿o se burla de mí? ¡Esto ya es el colmo! ¡Cómo se atreve! Todo mundo la tiene contra mí. Solo salgo a la calle y de inmediato me topo con cosas que no andan bien. Estas ciudades y sus gentes cada día se deterioran más. La total degeneración se incuba dentro de las casas y fuera de ellas.

En la capital con sus reversibles, todos los automovilistas parecemos fugitivos desde muy temprano en la mañana (en la mañana, que es cuando el tiempo se deshace en las manos y todos corremos detrás de un segundo); cada uno da la impresión de que salva la vida cuando logra pasar en el último aliento la parada que hace el policía de tránsito para invertir el flujo de vehículos.

****

La idea de la nada, la imagen aterradora de que al morir ya no seré, que dejaré de existir para siempre, ronda en mi cabeza. La imaginación me hace ver en pantalla enorme y sentir, a la vez, que al morir simplemente me borraré, se borrará mi cuerpo y mi alma, yo, que no tendré otra vida después de esta, que no reencarnaré. Dejaré de pensar y mi conciencia desaparecerá para siempre, para siempre... Vendrá la nada. Eso me aterra.

La mente es el peor enemigo.

Es inevitable caer en tal trance. Cuando de súbito ese pensamiento de la muerte invade mi mente me espanto, tanto que hasta grito: ¡No!, ¡no!, ¡no! ¡¿Por quééé?! Y salgo apresurado cual loco de cualquier recinto en el que esté deseando encontrar ayuda. No puedo conmigo mismo, porque al encontrarme a mí mismo solo, frente a frente, mi propia mente me traiciona, me ataca, es decir, me ataco yo mismo. ¡Qué desgracia, no! ¿Cómo evadirme? Eso me sucede no solo cuando estoy solo, también cuando estoy con otra persona a la par. Lo he descubierto cuando duermo junto a alguien, pues hay un momento en que vengo a mí mismo y comienzo a atacarme, mi demonio se ha despertado, se viene y me golpea con dureza, me hiere de manera inmisericorde, apenas si puedo meter las manos

¡Detente! ¡Detente!

¡Detente! ¡Detente!

¡Apiádate de mí!

¡Es terrible esa vivencia! Nada entonces tiene valor, el significado de la vida en ese mismo instante se hace trizas, tengo plena conciencia del vacío, me invade el absurdo de la existencia. El ser humano está solo en su interior, en su ser, con sus pensamientos, y allí no hay nadie que lo acompañe. Como he dicho, aunque haya gente en su entorno, está solo. Mi primer problema es saber que existo. El segundo, y mayor, es caer en la cuenta de que un día dejaré de existir «para siempre». Eso deviene en mi crisis existencial. Estoy encerrado en mí mismo. Al final, los gusanos ganarán. *Consumatum est.*

La vida es inútil, no tiene salida. El destino es fatal. La vida tiene una sola meta, una sola moneda, meta final, con una sola carrera, no habrá otra, que lleva sin remedio a la muerte. Nada más. *In saecula saeculorum*. Por eso no tiene sentido. Allí acaba todo. No hay una segunda oportunidad. Es un **reloj de arena,** el **tiempo se agota.** Deseo intensamente escapar de mí mismo y no lo consigo.

Mis fobias son muchas, me asusta vivir con el pensamiento fijo en lo venidero, los encierros, las alturas, las serpientes, tarántulas. No me he enfrentado a esas situaciones en la realidad, pero las imagino. Me veo dentro de habitaciones sin puertas ni ventanas. Me angustio de solo pensarlo. Estar solo me atemoriza, el agua de la ducha también me da miedo…

cada vez que me voy a bañar
cada vez que me voy a bañar
cada vez que me voy a bañar

No, ¡qué horrible! Entro bajo la ducha y tengo la sensación de que me ahogo, se me agita la respiración. Entonces me agarra la perseguidora. Deseo bañarme con rapidez. Me mojo y trato de no cerrar los ojos, me aterra no ver nada, y lo tendré que hacer cuando me eche champú en la cabeza. Estoy agitado, angustiado. ¡No, Dios qué terrible!

Ahora (yo, el narrador) detengo un momento aquí el relato porqueee eee se me ha ido la onda, debo confesarlo honestamente   me he quedado con la mente en blanco. No he fumado nada, lo aseguro,   parpadeo es un vacío   un lapsus   miro el techo   miro a los lados arriba   abajo   busco   asidero   busco recobrar la cordura ¿dónde dejé el hilo de la historia? Tengo derecho a perder la señal también, ¿no? ¡Ahhh, sí, ya! Bueno, cambiemos un poco la línea, eh, se me ha ocurrido hablar del 777, en este instante se me ha ocurrido esa idea, introducir aquí un personaje que se hace llamar a sí mismo el 777, que en realidad es el 666 disimulado. Pero esa decisión de llamarse así ya le corresponde a él, el personaje, no se me debe preguntar a mí, el narrador. El 777. Pues este era un individuo que lloraba los martes y jueves de cada semana. Y no sabía por qué. Sí, lloraba. Sin embargo, era un tipo duro y rudo. Duro y blando a la vez, que sufría agobiado por pensamientos negativos. Eso, negativos.

—Personajes: ¿Qué ha pasado, narrador? ¿Por qué detuviste así abruptamente el fluir de mis acciones y el cuento mismo? Iba todo muy bien. Exijo una explicación.

—Narrador: Lo siento, personaje. Lo que pasó es que recibí una especie de revelación. Una voz interior, o exterior, o quién diablos sabe de dónde vino, me dijo que este cuento, calificado de excesivamente tóxico, debía quemarlo, tirarlo a la basura, o simplemente desaparecerlo. Decidí que en lugar de esas opciones debía quebrarlo o cortarlo. Hice lo último, por el bien tuyo, por el mío y por el del lector. *Chau.*

Epílogo

La reunión

–epitafio de vida–

Narrador (N) —Hola, Albert Camus (AC), hola, lectora y lector. Y hola, por supuesto, a los personajes: Noruega García (NG), Flipón Surqué (FS), Like López (LL), R2 y C2, Helsinki Morales (HM), 777, el Albañil (A) y Tilde Cobid López (TCL). A los otros participantes en los relatos consideré que era difícil sacarlos del rol que les asignamos y decidimos no convocarlos. Me llama la atención que tenemos dos con apellido López aquí. ¿Son parientes?

LL. —No.

TCL. —Solo somos vecinos. Buenos vecinos. *Ok,* pero se supone que tú deberías saberlo. Eres el Narrador.

N. —El narrador a veces se sorprende con las relaciones que entablan los personajes cuando adquieren su autonomía.

LL. —Mmm…

N. —Bueno. Fue fácil que todos ustedes acudieran a esta reunión, porque están viviendo aquí mismo, en esta casa grande, que se llama *Maledén 777.* Es decir, este libro. Solo fue como que cada uno saliera de su oficina y se viniera para acá. Cada uno salió de su cuento.

Debo hacer una explicación para que todos estemos en sintonía. A todos se les llamó y a cada uno se le pidió pensar en el mayor desafío que enfrenta el ser humano: la muerte, con los otros problemas que de ella se derivan: el asedio mental con pensamientos negativos que día y noche nos disputan la paz, la inestabilidad emocional, los suicidios a que nos empuja, y otros tantos.

Ante ese panorama existencialista, les hemos pedido que investigaran, que leyeran mucho, y que se concentraran en las diversas ideas habidas y por haber para hacerle frente, para soportar mejor el hecho, o para vivir de la mejor manera, que es de lo que se trata, o lo que esperamos en esta existencia.

A.—Esta existencia de la que nadie saldrá con vida, ¿verdad?

HM. —Sí, ustedes, o aportemos ideas alentadoras hoy o nos suicidamos en masa aquí y ahora.

(Ríen a carcajadas 777, FS, R2, y NG, ja, ja, ja, ja, ja).

A. — Ja, ja, ja esa es la mejor opción, ya no hablemos más.

(Ríen a carcajadas TC, L, AC, HM ja, ja, ja; ríen los demás C2, LL y N ja, ja, ja, ja, ja, ja, ja, ja, ja, ja, ja, ja).

N. —Ocurrentes ustedes… Bien, mis alegres amigos, volvamos al asunto. ¿Quién quiere empezar?

A. —Voy. Oigan. Todos sabemos esa sentencia de que nuestra propia mente es nuestra peor enemiga, la verdadera enemiga a vencer. Por lo tanto, lo que debemos buscar es limpiar la mente.

NG. —Sí, claro, es un buen punto desde el cual podemos partir.

777. —Ajá. ¿Y cómo se puede limpiar la mente?

LL. —De lo que hablamos es de pensamientos negativos, ¿verdad? Es de esos pensamientos negativos, o impurezas, de los que nos tenemos que deshacer. Vale advertir que los seremanos… Sí, dije seremanos. Es mi contracción de seres humanos. Pues sí, que los seremanos desde que nacemos, empezamos a caminar con la vista puesta en la muerte. Vaya manera de comenzar más equivocada, ¿no les parece? ¿Es acaso esa nuestra meta preferida? Y por estar concentrados en esa idea ya morimos en el arranque, ya no vivimos. Desde que iniciamos, hemos acabado ya con nuestra vida. Si nosotros seguimos así, seremos cadáveres transitando la vida. Ciegos pasando por la luz. Tenemos que cambiar nuestra mentalidad. Volvamos a vivir. Saquémosle el mayor provecho a cada minuto, el *carpe diem* siempre ha tenido la razón. Vivamos.

TCL. —Vamos bien, ustedes. Es cierto, vivimos sitiados, literalmente, por el conocimiento terrible del final de nuestras vidas, la muerte, que abarca todo, como ya lo anticipó Narrador. Ya que ella es padre y madre de los miedos. Lo que significa que resolviendo este, reparamos todos los demás problemas de la vida.

FS. —Algo que se repite como fundamental para ayudar en ese sentido, es la aceptación. Es, quizá, la actitud más importante. Aceptar dócilmente la muerte, para que la mente deje de resistirse, se ablande, tranquilice y se relaje. Para que llegue la paz.

AC. —Yo propuse en un tiempo, y la sostengo hoy, la siguiente teoría: uno. Asumir el no sentido. Es lo mismo que ustedes están diciendo, que la vida no tiene sentido. Y dos. Construir uno mismo el sentido. Es saborear el propio ser.

R2. —Estoy de acuerdo con la aceptación. Ocurren algunas cosas en esta vida que no dependen de nosotros, la muerte, por ejemplo. Está fuera de nuestro control. Por esa razón, es que deberíamos de dejar de preocuparnos por ella. Yoleí algo de Aristóteles acerca de la felicidad. Él afirmaba que: «La felicidad es un esfuerzo constante por distinguir lo que vale la pena de lo que no vale la pena». Si la muerte no tiene solución, no vale la pena preocuparse por ella. Y hay un pensamiento positivo lindo para curar, dice «Por miedo al futuro estamos dejando escapar la vida».

777. —Bien. Eso es vivir el presente. Y sobre la felicidad yo también encontré este escrito de Eduardo Punset: «La felicidad es la ausencia de miedo». Esta, como la tristeza, pienso yo, son estados mentales. Y, si sirve como aporte igualmente, agrego que las personas que tememos a la muerte somos capaces de sentir el verdadero placer de la alegría.

C2. —Qué excelentes aportes están haciendo ustedes. De verdad. Y en esas mismas líneas, yo quiero reafirmar esa idea de que hay que incubar en la mente pensamientos bonitos. Las ideas que hoy estamos compartiendo son semillas de las que reventarán vidas maravillosas. Ya lo verán. Estoy entusiasmado. Tenemos que descubrir que la vida es apasionante. Admirar a los árboles, disfrutar del viento, gozar la música, la poesía. Un especialista asegura que los pensamientos curan más que los medicamentos. La clave está, entonces, en controlar la mente.

R2. —Y oigan esto, es de sabiduría del Buda acerca del sufrimiento, dice: «Aunque no podemos evitar el sufrimiento en la vida, podemos sufrir mucho menos si no regamos las semillas del sufrimiento dentro de nosotros». Nada puede sobrevivir sin alimento, sentencia el Buda.

HM. —Yo tengo un buen amigo, Raúl de la Horra, psicólogo, con quien conversé hace un tiempo, y le hice la pregunta sobre qué recomienda él ante este alto problema de la muerte. Su respuesta fue: «Gozar de todo, de cada acto, de la comida, del afecto, del amor, la sexualidad. El contacto con otros seres humanos, la cooperación. Tener sueños, anhelos, trabajar. Tratar de encontrarle goce a eso. Si tú has vivido con intensidad, la muerte será menos dura», me dijo, y agregó: «Dale un sentido a tu existencia. Dale contenido a tu vida. O sea, vive intensamente, trata devivir lo más conscientemente posible. Y, sobre todo, es el único mandamiento que debería existir en la vida: «Goza de la existencia sin joder al prójimo».

A. —¡Buenísimo! Sí. Pienso que no debemos ser tóxicos, y alejarnos de las personas tóxicas, no nos contaminemos. Seamos influencia agradable, positiva siempre. Saben, yo de ahora en adelante fijaré en mi mente la expresión **Yo soy alegría.** Voy a tratar de convencerme de que soy alegre. Voy a escribirla en diferentes partes para recordármela continuamente. Será como tatuarme la alegría en la mente.

NG. —¡Quééé geeenial! Seguiré el consejo yo también. Esa frase, yo soy alegría, la pondré de recordatorio en mi Asistente de *Google*.

TCL. —¡Esooo! Sí, también hay que involucrar a la tecnología en esto. Bien hecho. Se dan cuenta, estamos sembrando pensamientos positivos en nuestra mente. A mí ustedes también me han inspirado. Yo voy a plantar una sonrisa en mi carro, en mi casa, en todo mi entorno.

R2. —Perfecto. Seamos Alegría. Y oigan, la música es ideal recurso para levantar el ánimo también.

C2. —*¡Yeah!* Y hagamos que nuestras acciones sean trascendentales. Esto para complementar lo que compartió el psicólogo con Helsi.

LL. —*Ok,* me hacía falta darles este mensaje valioso, la verdadera solución. Refuerza lo que venimos apuntando. Se trata de un cuento de la tradición Zen, según leí en algún sitio web. El contenido es similar al *carpe diem.* El personaje es un anciano sabio. Él aconseja vivir solo en el presente con total plenitud, soltar el pasado y olvidar el futuro. Si se olvida el futuro, dice, no tendrás angustias. Parte del texto es este: «...Duermo cuando estoy durmiendo, y cuando hablo contigo, solo hablo contigo… El secreto es estar consciente de lo que hacemos en el momento presente». Esa es la clave, vivir solo en el presente.

N. —Vitalísimo. Vital. Ahora, Noruega García tiene un precierre que es igualmente útil.

NG. —Sí, gracias, Narrador. El punto central es que necesitamos dominar nuestra mente para limpiarla en seguida. Para lograrlo, debemos ablandarla, acariciarla, amarla, decirle con sinceridad desde y con el corazón: ¡Te amo, mente mía! ¡Te amo! Y llevarla, imaginariamente, a un prado delicioso. Ponerla en un alto sitial con música delicada y manantiales de frescura.

«... si tu pensar es elevado, si selecta
es la emoción que toca tu espíritu y tu cuerpo.
Ni a los lestrigones ni a los cíclopes ni
al salvaje Poseidón encontrarás, si no
los llevas dentro de tu alma, si no los
yergue tu alma ante ti. ».
Así dice parte del poema Ítaca, del griego Constantino Cavafis. El pensar elevado es, al final, lo más importante. Ahora, todos ustedes presentes en esta reunión, cierren sus ojos, por favor. Concentren su mente en lo que diré a continuación. Suelten su imaginación. Déjense llevar por mis palabras:

Ven mente mía, te tomo de la mano y te conduzco al jardín, a la belleza en completa pureza, a lo más exquisito, a la abundancia de delicias, mieles, colores, cantos, aromas, bálsamos purificadores. Ven, prueba la dulzura delbienestar total.

>
> Bienestar total
>> bienestar total
>>> ¡inúndame!
> Prueba la dulzura, mente mía.
>> Prueba la dulzura.

Perfumes, cantos, colores, mieles, la abundancia de delicias, la exquisitez, esencias sutiles, la belleza en toda su pureza y excelsitud.

N. —Lo máximo, Noruega. Mil gracias. Me ha hecho mucho bien. Siento una completa paz. Bien. A continuación, Albert Camus nos dará un resumen y apuntes finales. Por favor.

AC. —Gracias. Bueno, eso es, ustedes tienen las armas en sus manos. Cualquiera podría ser grande. No lo somos por los miedos. Los miedos nos impiden superar muchos obstáculos. El más terrible de ellos es a la muerte.

Aquí se ha hablado de la aceptación. De la muerte nadie escapará. Es el súmmum de las certezas. Hasta que se acepta esta verdad se empieza a vivir. A menos que seamos piedras y la ignoremos. La vida, si te decides a vivirla, es mejor que aceptes esa realidad. Resuélvelo de una vez por todas y no vuelvas más a ese pensamiento, porque te quedas dando vueltas en un círculo macabro infinito. Y convéncete de que eres alegría. Lúcida propuesta. Así se limpia la mente, así se cura.

Una buena solución sería que uno crea en la inmortalidad, (eso puede que traiga tranquilidad) o en la reencarnación. Puede que ayuden esas ideas, aunque debemos considerar que llegar a tal conclusión no es algo alcanzable con facilidad. Otra es el *carpe diem*, cuyo mensaje es similar al que deja el anciano sabio en la historia que nos compartió Like López: Vivir únicamente en el presente. Así se controla la mente. Una tercera solución es la unión de las dos anteriores y una cuarta, soñar, embeberse en la felicidad de una creación portentosa… en los proyectos que nos permiten acariciar con anticipación la alegría de su coronación.

N. —Formidable. Gracias, Albert. Creo que esta ha sido una reunión muy provechosa. Me quedo con la seguridad de que todos nosotros, a partir de ahora, le sentiremos sabor a la vida. Les agradezco a todos. Cierro con esto que se desprende de lo que aquí se ha hablado y que considero esencial, es la clave salvadora: no nos preocupemos por lo que po-drí-a pasar mañana o por el futuro. Vivamos solo en el presente, nada de futuro ni pasado. **De lo que yo**

haga hoy depende el mañana, el pasado es incorregible. **Vivamos el momento.**

¡Superior! De nuevo, gracias, Camus, y gracias a todos por su asistencia y participación. Por tantos aportes tan valiosos. Y ahora es tu turno, tú que lees. Tienes la palabra lectora, lector.

Bueno… ahhh, mientras tanto a ustedes, mis queridos personajes, les pido que ya regresen a sus respectivos cuentos, por favor.

115

«Dicen que antes de entrar en el mar, el río tiembla de miedo. Mira para atrás todo el camino recorrido, las cumbres, las montañas, el largo y sinuoso camino abierto a través de selvas y poblados, y ve frente de sí un océano tan grande, que entrar en él solo puede significar desaparecer para siempre. Pero no hay otra manera, el río no puede volver. Nadie puede volver. Volver atrás es imposible en la existencia. El río necesita aceptar su naturaleza y entrar en el océano. Solamente entrando en el océano se diluirá el miedo, porque solo entonces sabrá el río que no se trata de desaparecer en el océano sino en convertirse en océano».

Gibrán Khalil Gibrán

Comentario a la obra de Rómulo Mar

La serie de relatos que conforman este texto tiene varias vertientes literarias que van, desde la visión posmoderna hasta la literatura llamada popular, por la temática abordada y los recursos estilísticos usados. La estructura de los primeros relatos tiene un estilo contemporáneo, con finales abiertos, lo cual deja a la imaginación del lector sacar sus propias conclusiones; con un estilo narrativo donde el autor es omnipresente, y generalmente ubicando a los personajes en acciones en tercera persona. Utiliza un lenguaje claro, sin rodeos metafóricos en su redacción, tanto que a veces aflora más la crudeza del lenguaje cotidiano.

En la segunda parte de sus relatos se apega más al estilo vernáculo, cotidiano, usando la primera persona como sujeto narrador. Introduce a veces un lenguaje un tanto sórdido, pero con una intención clara: «reflejar el lenguaje popular». En su obra destacan, con este estilo, los relatos de carácter erótico.

En casi todos los relatos el autor utiliza el misterio como línea transversal; en algunos, con sus finales abiertos, contribuye a enfatizar este efecto. Una característica importante deesta nueva obra de Mar es que, por un lado, eleva el discurso cotidiano publicado en Facebook como categoría literaria, y por el otro, consigna algunos personajes con apellidos o nombres verdaderos, lo cual se inscribe dentro de la corriente de realismo literario.

Dr. Carlos Interiano

Rómulo Mar

Nació en la aldea Los Planes del municipio de San Juan Ermita, Chiquimula, el 16 de diciembre de 1958.

Es Locutor Profesional y docente graduado en la Universidad de San Carlos de Guatemala. Redactor de noticias y productor de programas educativos para radio. Miembro de «Zanates y Clarineros», grupo de escritores chiquimultecos radicados en la ciudad de Guatemala.

Fundador del canal de videos *Letras en Directo* y del periódico impreso *El Revisor*.

RECONOCIMIENTOS: En 2015 la corporación municipal de San Juan Ermita le entregó un Reconocimiento público por su labor literaria. En 2018, por acuerdo municipal del ayuntamiento de Chiquimula, fue declarado «Valor Cultural del departamento de Chiquimula».

PUBLICACIONES:
1- El Invento –Cuentosutiles- (ESGER, 2008).
2- El cazador de tropos –cuentos y poesía- (ESGER, 2009).
3- El Volumen del Misterio -novela- (ESGER, 2010).
4- Diario de Creación –diario novelado- (Amazon-ESGER, 2011).
5- Manojo de Luces –poesía- (Amazon, 2014).
6- Cuentos de San Juan antología de cebolleros –colectivo- (Graficentro, 2016).
7- Mírame –poesía- (ESGER, 2017).
8- El poder de los espejos –cuentos- (ESGER, 2017).
9- Antología Poética de Gustavo Bracamonte -compilador- (Arizandieta, 2017).

Índice

La presente edición de *Maledén 777* fue impresa
en los talleres gráficos de editorial Testigo Ediciones,
en noviembre de 2020.
La edición consta de 200 ejemplares
en papel bond beige 80 gramos.